廣東話資料館

廣東話讀香港
歷史系列

1

通用廣東話讀香港衣食住行史

亮光文化
出版

GARMENT
衣
J11

FooD 食 SIK6

LIVE 住 zyu6

第一一八頁

行

WALK

HANG4

目錄

GARMENT

衣

Ji1

JI1

衣

CLOTHES; COVERING; GARMENT

衣著係指身上嘅穿戴，服裝嘅式樣，同穿戴嘅方式。人類製造嘅衣裝經過千百年嚟嘅演變，喺功能上已經由單一嘅遮身敝體，變成擁有防寒避暑、抵禦疾病、預防外傷、裝飾儀表等多種功能。而喺科學實踐上亦證明，衣著裝束同人類健康係有密切關係。

喺古代「衣」通常係指上衫。周朝《詩經》邶風・綠衣：「綠兮衣兮，綠衣黃裳」漢・毛亨・傳：「上日衣，下日裳。」漢代揚雄《法言》修身：「惜乎衣未成而轉為裳也。」晉朝陶淵明《桃花源記》：「其中往來種作，男女衣著，悉如外人。」

二〇年代

JI6 LING4 NIN4 DOI6

—— 1920'S ——

香港人對「衣著」嘅改變同發展過程，大約係喺二十世紀時期開始，早期香港係流行中式唐裝衫褲嘅。隨住社會發展，「粵港」、「滬港」嘅相互投資增多，出現咗好多跨三地嘅聯號商業，例如先施公司、永安百貨、大新百貨等。當時香港、廣州、上海嘅風氣一樣，女性主要以穿著短衫為主，加上中式長褲或者黑色長裙，都係貪佢方便做嘢同涼爽。當時會短著長衫咁樣著法嘅主要有兩類人，一種係大家閨秀或者知識分子，另一種就係歌伶舞妓。

唐裝 **tong4 zong1** （Tang Suit）

唐裝衫，係指傳統唐人所著嘅衫，係清代至現代華人嘅一種傳統服飾，特點係立領同埋盤扣，而下身會配搭長褲或長裙穿著。至到一九五〇年代之後，唐裝又吸納咗一啲西式裁剪嘅特色，例如：立體剪裁、膊頭部位要做接袖等。香港、澳門、臺灣所指嘅「唐裝」，係包括男裝嘅長衫、馬褂，男女通用嘅對襟衫、棉衲，女裝用嘅大襟衫、秀禾裝等等。

唐裝呢個詞，係由早期嘅海外唐人對唐人裝束嘅稱呼。喺歷史上，唐代嘅強盛聲名，外國人通常稱中國人為「唐人」。特別係廣東、福建嘅華僑亦好自豪咁自稱為「唐人」，而大部分華人所住嘅地方又叫做「唐人街」或者「華埠」。

宋代陸游《老學庵筆記》卷八：「巾服一如唐人，自名唐裝。」

元朝丞相脫脫《宋史》卷四八七・外國傳三・高麗傳：「男子巾幘如唐裝。」

棉衲 **min4 naap6** （Cotton-padded Jacket）

係唐人一種用嚟保暖嘅夾棉外衣，北方叫做棉襖。棉衲多數係用傳統嘅暗花布嚟做，舊時係藍色同啡色為主，依家咩色都有，貴價啲嘅棉衲就會用絲棉嚟做夾棉。

爛棉衲 laan6 min4 naap6 (Rotten Cotton-padded Jacket)

係舊時廣東人用嚟對人自嘲嘅說話，叫自己做「爛棉衲」，意思指棉衲雖然破爛，但總算都有件禦寒衣物。比喻溫飽唔會太成問題；又有勉勉強強，重過得去嘅意思。

中山裝 zung1 saan1 zong1 (Chinese Tunic Suit)

中國革命家黃隆生設計嘅一種男裝服飾，係中國政治人物經常著嘅裝束。

聽講早期嘅中山裝背面有縫同中腰有帶，前門襟釘九粒鈕，上下袋口都有「胖襇」。之後經過幾次修改先至變成依家嘅款式。關閉式八字形領口，裝袖，前門襟正中五粒鈕，背後無縫，袖口開叉釘扣，又可以開假叉釘裝飾扣，或唔開叉唔用扣。正面袋口左右上下對稱，有蓋釘扣，上面兩個細袋係平貼袋，底角呈圓弧形，袋蓋中間弧形尖出，下面兩個大袋係老虎袋，褲有三個袋，兩個側褲袋同一個有凹嘅後袋，挽褲腳。

中山裝命名　zung1 saan1 zong1 ming6 ming4　（Chinese Tunic Naming）

一九二五年四月，廣州革命政府為咗紀念孫中山先生（一八六六年十一月－一九二五年三月），將佢出任民國大總統時經常著住同倡導嘅制服，命名為「中山裝」。

長衫　coeng4 saam1　（Cheongsam）

係指男人著嘅「大褂」。清代劉鶚《老殘遊記》第二回：「從後臺簾子裡面出來了一個男人，穿了一件藍布長衫。」近代民國初期出現女性模仿男士「長衫」而形成嘅一種服裝，曾經廣泛流行喺中國上海、廣州同英屬香港等地方嘅女性「長衫」服飾，至五十年代喺內地消失。而香港嘅五十至七十年代初，係香港長衫發展最精彩嘅時期。

舊時嘅長衫或長袍，原本都係指男女裝「長身衫」嘅通稱，不過喺一九八〇年代以後，香港人逐漸跟隨大陸同臺灣嘅叫法，用「旗袍」嚟指女裝長衫。

根據網上資料指「長衫」（Cheongsam）比「旗袍」（Qipao）更早被收入牛津英文字典，而「長衫」呢個詞亦係香港最地道嘅叫法。

旗袍 kei4 pou2 (Cheongsam; Qipao)

北方人通稱嘅「旗袍」係大清時期流傳落嚟嘅女性裝束，至民國初期仿傚長衫製作方法得到改良而流行，到五〇年代喺中國大陸銷聲匿跡，而喺香港繼續有得發展。直至八〇年代改革開放之後，旗袍先至喺大陸再度出現。

民國時期嘅「旗袍」經歷過兩次結構變化嘅階段，第一階段係傳統剪裁由無肩縫、原身出袖、前後中縫嘅平面結構為主，裡面著長褲，形式同男長袍一樣；第二階段係女長袍出現變化，腰身逐漸收窄，選用柔軟輕盈嘅衣料，加入組邊同盤扣，衫身取消前後中裁開，可以令面料圖案花紋完整，內襟就用「偷襟」方式補上。當時變化出嚟嘅長衫或長袍已經好女性化。

連身裙 lin4 san1 kwan4 (Dress)

又叫連衣裙、袍衫裙，係指上衫同下裙相連嘅服裝。呢款裙嘅形態係由上身至下身一件過，又可分為「接腰型」同「連腰型」兩大類。

聽講喺中世紀以前，西方大多數嘅裙都屬於連身裙，十六世紀以後，上衫同裙擺就逐漸分離。去到二十世紀初，女性服飾嘅主流仍然都係連身裙，不過裙嘅種類就變得多樣化。

接腰連身裙 zip3 jiu1 lin4 san1 kwan4 (Connect Waist Dress)

「低腰型」接腰位按衫長比例而定，如果裙係喇叭形或抽裕形（抽繩縮褶）、打褶形，下擺會比較大；「高腰型」又叫拿破崙帝國女服，接腰位喺腰圍線以上嘅裙，大多數係收腰、寬擺；「標準型」接腰位喺身體最細嘅部位。

連腰連身裙 lin4 jiu1 lin4 san1 kwan4 (With Waist Dress)

「貼身型」比起直筒型重要緊身嘅裙，側縫線呈自然下落嘅直線形；「帶公主線型」以膊位至下擺嘅豎破縫線嚟體現曲線美嘅裙，收腰寬擺；「帳篷型」有直接由裙身上部開始寬鬆擴展形狀，又有由胸口以下向下擺擴展嘅形狀。

繡花鞋 **sau3 faa1 haai4** (Embroidered Shoes)

中國傳統嘅手工藝品，係將刺繡圖案綴成花紋輪廓繡喺鞋面之上布花鞋，明代蘭陵笑笑生《金瓶梅》第二八回：「白綾平底繡花鞋兒，綠提根兒，藍口金兒，唯有鞋上鎖線兒差些。」呢種根植喺各民族文化中嘅生活實用品又畀世人譽為「中國鞋」。

繡花鞋嘅刺繡修飾手法，沿襲傳統東方裝飾嘅審美風格，注重鞋面嘅章法，同鞋幫嘅鋪陳，又配以鞋口、鞋底嘅工藝飾條。

清代紀曉嵐《閱微草堂筆記》：「昌吉築城時，掘土至五尺餘，得紅紵絲繡花鞋一，製作精緻，尚未全朽。餘烏魯木齊雜詩曰：『築城掘土土深深，邪許相呼萬杵音。怪事一聲齊注目，半鉤新月蘚花侵。』詠此事也。」

布鞋　bou3 haai4　(Espadrille)

一種傳統布料做嘅鞋，而手工製作嘅布鞋就用棉布納成嘅千層底。布鞋唔似得皮鞋咁堅固耐用同防水性差，不過透氣性好，吸汗、養腳，適合休閒時候著嘅。

清代吳敬梓《儒林外史》第四六回：「只見一人，方巾，藍布直裰，薄底布鞋，花白鬍鬚，酒糟臉，進來作揖坐下。」

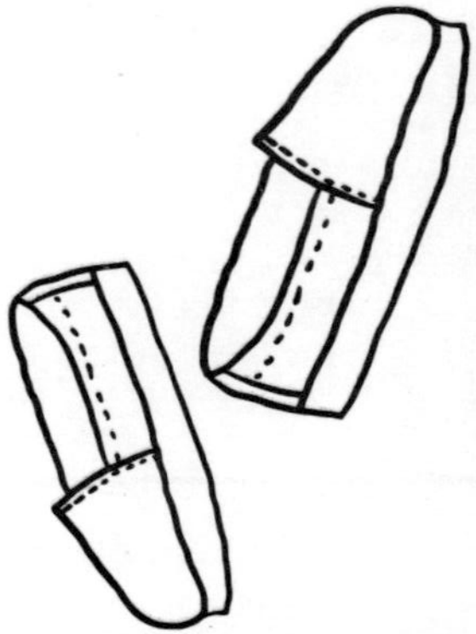

三〇年代

SAAM1 LING4 NIN4 DOI6

1930'S

香港嘅服飾生產都係以家庭式經營，同時上海嘅衣著風氣亦開始傳入香港，上海師傅開始嚟到香港開設為人度身訂做嘅裁縫店，客人會要求訂做當時流行嘅款式，香港嘅時裝亦因為咁而萌芽。香港亦緊貼上海嘅新興潮流，各種潮流商品嘅宣傳都喺香港出現，例如月份牌、海報、廣告畫、包裝招紙同埋雜誌封面等，都會畫上當年時尚裝扮嘅靚女。其中，呢啲靚女身上著嘅「長衫」、「絲襪」、「繡花鞋」，亦跟住潮流喺香港好快傳開。

領呔 ling5 taai1 (Necktie)

係一種圍繞頸部嘅長飾物，捆喺袖衫領之下，材質通常係絲質或者合成材料。其他變體包括：雅士谷呔（Ascot Tie）、煲呔（Bow Tie）、寶路呔（Bolo Tie）、卡夾式呔（Clip-on Tie）。現代嘅領呔、寬領呔、煲呔等，都係由領巾（Cravat）轉變而嚟嘅。喺二次大戰之前，當時領呔嘅長度比現今嘅要短好多，到四〇至五〇年代先定落成為依家咁嘅式樣。

煲呔 bou1 taai1 (Bowtie)

又寫煲呔，係一種圍繞頸部衣領嘅飾物，但又唔似得普通領呔咁有條垂條布喺件恤衫面度，而係會打個蝴蝶結，通常喺比較隆重嘅衣著例如西裝或禮服一齊穿搭。

領巾 leng2 gan1 （Cravat）

係童軍同水手服裝有關嘅領飾，一種包含三角形嘅布料，或者係正方形布料摺疊成三角形。領巾會用較長嘅一邊開始捲成麻花形狀，中間部分就唔會捲，然後將條巾圍住頸部，再喺尾端打個結或者用個領巾圈穿住。

絲襪 si1 mat6 （Stocking; Hose）

又叫尼龍絲襪（Nylon Stockings），屬於現代嘅一種尼龍薄襪，有長、中、短嘅分別。據聞絲襪喺一九三八年由美國人最先發明嘅，最初係深色半透明嘅質地。如果要追溯絲襪嘅早期歷史，其實又可追查到十六世紀時期嘅歐洲，當時喺歐洲嘅男性鍾意著白色緊身褲襪，有人相信呢種就係今日絲襪最早嘅造型。

喱士 lei1 si2 （Lace）

又叫花邊，係一種繁複精緻鏤空花紋為特點嘅紡織品，由紗或線製成，呈網狀。早期嘅花邊一般係用金線、銀線、亞麻布、絲綢等製作，而女裝嘅花邊就係用尼龍製成；依家嘅花邊多數係用棉線製，亞麻布同絲線仍然可以用嚟做材料，而「人造花邊」又可以用合成纖維製造。

花邊新聞 faa1 bin1 san1 man4 (Lace News)

花邊
新聞

新聞加上花邊嘅本意係想吸引讀者眼球，喺報紙重係用鉛字排版嘅時候，為咗突出某條新聞就會喺版面上特別加上標註「全文加花邊」，用嚟提醒印刷廠排版師傅注意加上花邊。不過後來大家所講嘅花邊新聞，通常都係指嗰啲勾引讀者好奇心嘅粉色新聞。依家報紙上已經好少見到花邊，花邊新聞嘅講法亦都畀娛樂新聞或者八卦新聞之類取代。

四〇年代

JI6 LING4 NIN4 DOI6

1940'S

香港喺四十年代初成為日本人嘅佔領地，日佔時期嘅經濟停頓，至四十年代中晚期大陸內地政局動盪，有更多嘅上海裁縫同江浙地區嘅商人移居香港，佢哋喺香港做生意同收徒弟，唔只提升香港時裝嘅工藝水準，而且為五〇至六〇年代香港長衫服飾黃金時期奠定基礎。

無袖長衫 mou4 zau6 coeng4 saam1 (Sleeveless Cheongsam)

四〇年代嘅長衫沿襲三〇年代嘅形制，不過長度縮短，露出小腿，衫身比三〇年代嘅較少裝飾，流行蓋肩袖同無袖。由畫有時尚女性嘅年曆廣告畫就可以見，蓋肩袖同無袖長衫喺三〇年代嘅香港已經幾流行。

五〇年代

NG5 LING4 NIN4 DO16

1950'S

香港由轉口貿易邁向生產工業化嘅年代，喺呢個時候適逢其會有大量國內移民湧入，為香港嘅製造行業提供咗好多技術同廉價嘅勞動力，當時香港以製造袖衫、西褲、童裝等產品賣去美國等地。

由於普羅大眾開始注重儀表打扮，所以當時嘅男士漸漸開始著西裝，款式流行大襟闊領嘅外套同內襯背心，平日嘅便服就係袖衫西褲，漸漸唐裝就被取代咗。而事業型嘅女士就以穿著長衫（旗袍）為正統服裝，但係基層嘅婦女依然以穿著唐裝為主，例如住家女傭（媽姐）鍾意梳條長辮，著住白色斜襟唐裝衫同黑褲。

後來隨住女性開始投身各種行業，又受到荷里活文化嘅潛移默化之下，女性開始著洋服同西裙。

西裝 **sai1 zong1** （Suit）

又叫西服、洋服、老西，係指西式嘅正式套裝，雖然源自歐洲，但係已經成為國際通行嘅正式服裝，係表示禮貌、尊重場合嘅一種服飾。

男性西裝比較有規範，長袖外套、相配嘅長褲、長袖恤衫、領呔、襪、皮帶同皮鞋，係男西裝嘅基本服飾。外套配長褲叫做「兩件頭」（Two-piece Suit）；加埋背心（Waistcoat）就叫做「三件頭」（Three-piece Suit），不過依家都比較少見。

女性西服就比較多樣，基本上可以分為外套、相配嘅裙或者褲，同埋女裝恤衫（Blouse），重有絲巾、絲襪同皮鞋。

白恤衫 **baak6 seot1 saam1** （White Shirt）

我哋平日返工返學著嘅白恤衫，係一種著喺西裝裡面嘅上衣，不過亦可以單獨穿著。喺正式場合上，男士著恤衫時都要配搭一條領呔嘅。喺英式英文裡頭，恤衫（Shirt）係指定有衫領、衫袖，喺前面垂直開襟而且縫有一排鈕扣嘅上衣；而美式英文之中，恤衫會特別叫做「禮服恤衫」（Dress Shirt）或「有領恤衫」（Collared Shirt）。另外，恤衫個「恤」字，係英文（Shirt）嘅讀音直譯而嚟嘅，又係分化自廣東話「恤衫」嘅一個造字。

單吊西 **daan1 diu3 sai1** (the one and only suit of a person)

所謂嘅「單吊西」，意思係指人唯一一套擁有嘅西裝。因為舊時買一件西裝好鬼貴，所以當時唔少男人都只係得唯一一套西裝，無論係返工見客、約女仔去街都係得呢套西裝，所以就叫「單吊西」。另外亦有個講法，係指有啲人只得一件上半身嘅西裝褸，下半身連條西褲都冇，只有條扯布褲。即係無論點都好，就算好似係半天吊咁，喺見人時都要有件西裝出嚟撐下場面。

踢死兔 **tek3 sei2 tou3** (Tuxedo; Black Tie)

正式譯名叫無尾禮服或晚宴服，俗稱「企鵝褸」(Penguin Suit)，又叫「馬騮衣」(Monkey Suit)，一種喺正式宴會著嘅男裝晚禮服，係由「燕尾禮服」減去燕尾後擺長度、加長正面下擺同後擺平齊方式轉變過嚟嘅正裝，屬於出席隆重場合時著嘅裝束。顏色通常係黑色同近黑色嘅寶藍色，主要係用普通緞或羅緞嚟製作。無尾禮服又同正式場合穿著嘅其他西裝一樣，要搭配合適嘅袖衫、鞋同埋其他配飾，例如煲呔、袋巾、袖口鈕等。另外，有部分香港人仍然誤將「踢死兔」(Tuxedo)「無尾禮服」稱為「燕尾禮服」(Tailcoat)。

燕尾服　jin3 mei5 fuk6　(Tailcoat; Swallow-tail; Dresscoat; White Tie)

係一種前襬裁至腰部上方，後襬較長到膝後嘅外套，因為後擺開叉似燕尾而畀人叫做燕尾禮服。呢種服裝原本係針對騎馬著嘅長西裝更易騎行嘅需求產生嘅，但後來演變為正式嘅宴會服裝。燕尾禮服會搭配白色袖衫、黑色鞋，同埋白色煲呔、袋巾等。

土鯪魚　tou2 leng4 jyu2　(Dace Fish)

據聞舊時喺街市魚檔賣魚同劏魚嘅石岐佬，對打住家工女傭（媽姐）嘅戲稱。因為媽姐平時打扮鍾意梳條長辮，著住白色斜襟唐裝衫同黑褲，喺背後睇落條長辮就好似土鯪魚身上嘅黑線，所以就得到呢個封號嘅。

另外，廣東話歇後語亦有個叫「土鯪魚」，意思係「多骨惡啃」或者「繑口剒手」，表示難於處理，意指難於追求；又有句叫「土鯪魚一條身」，意思係「單身」，意指媽姐終身唔嫁，亦都係一條身（獨身）。

高踭鞋 gou1 zaang1 haai4 (High-heeled Shoe)

呢種係一類鞋踭特別高嘅鞋，據聞喺好耐世紀之前已經出現，又喺唔同時代唔同地區以唔同嘅形式出現。會著高踭鞋嘅人腳踭會明顯高過腳趾位，形成一種修長嘅感覺（有人話係錯覺）。高踭鞋有好多種唔同款式，尤其係鞋踭嘅變化更多，例如幼踭、細踭、粗踭、楔型踭、釘型踭、槌型踭、刀型踭等，而香港人比較聽人講得多嘅鞋踭，就叫「斗零踭」。

斗零踭 dau2 ling4 zaang1 (Stiletto)

係指一款女裝幼踭鞋，因為鞋踭底嘅直徑似個「斗零」（港幣五仙硬幣）咁上下大細而得呢個稱呼。

點解「五仙」會叫做「斗零」呢？舊時嘅「五仙」硬幣都係用白銀鑄造，每個重「一點三七克」，相對中式重量單位嘅「三分六厘」，而當時流行用「之辰代碼」，分別以：之(1)、辰／臣(2)、斗(3)、蘇(4)、馬(5)、零(6)、候(7)、裝(8)、彎(9)嚟代表數字（1-9），所以「五仙」就叫做「斗零」。

六〇年代

LUK6 LING4 NIN4 DOI6

1960'S

屬於香港時裝嘅改革期，大百貨公司開始售賣外國高級時裝，而時裝設計業亦開始發展。喺西方嘅流行文化熱潮之下，又帶動咗香港人西化嘅觀念同打扮，迷你裙熱潮、連身A字短裙、錦緞背心、摺邊領袖衫、豹紋印花衫、絲質衫、露肩潮流、男裝女著嘅時髦「吸煙裝」、短裙娃娃裝、太空裝等就反映咗當時香港女性追趕潮流嘅心態。

A字裙　ei1 zi6 kwan4　(A-line Skirt)

呢款係一種冇打摺嘅開衩裙，通常喺側面或背面有拉鍊，長度就無固定，大致上係迷你裙至過膝頭嘅短裙之間嘅長度。形態係由臀部向下，至下擺逐漸擴大，類似羅馬字母大寫「A」字而得呢個名。

A字裙喺二十世紀嘅五〇年代中出現，喺六〇年代至七〇年代盛行，而喺八〇年代式微，不過又喺九〇年代嘅復古潮流再鹹魚翻生。

鉛筆裙　jyun4 bat1 kwan4　(Pencil Skirt)

係一種直而窄嘅緊身裙，通常下擺會削減，長度去到膝頭或者過膝頭，因為形狀細長似鉛筆一樣而得名。條裙背後中間近裙腳位開衩或者打褶，令穿著嘅人容易正常走動，而且保持到優雅嘅姿態。因為呢款裙唔太通風，所以係保暖嘅，又唔使擔心條裙會畀陣風吹起。

四〇年代嘅法國設計，六〇年代又再復興，設計師推出鉛筆裙嘅時候，係用羅馬字母大寫「H」字嚟做呢款裙嘅形狀描述，同「A字裙」形成對比。

迷你裙 **mai4 nei5 kwan4** （Miniskirt）

基本上係指一種長度去到膝頭以上嘅短裙，而其中一個定義係當企喺度時，食指至無名指等三隻手指可以掂到裙腳嘅底邊。

迷你裙嘅起源有好多唔同嘅講法，其中有人認為喺一九五六年嘅一部科幻電影《被遺忘的行星》（Forbidden Planet）嘅女演員（Anne Francis）著住嘅短裙就係迷你裙嘅始祖。

超短裙 **ciu1 dyun2 kwan4** （Microskirt）

一九六〇年代中期，由「迷你裙」衍生出一款更短嘅「超短裙」，呢款短裙嘅設計係短到遮唔晒條底褲嘅（即係一定會走光），又因為著起嚟好似掛住條腰帶，而長度已經到極限好難再有發展。之後流行時裝業又重返長裙款式嘅設計，例如中長半身裙（Midiskirt）同長裙（Maxiskirt）。雖然保守嘅長裙重回主流，但係超短嘅迷你裙仍然係好流行嘅。

比堅尼 **bei2 gin1 nei4** （Bikini）

又叫三點式，係一種「兩件頭」款式嘅泳裝，上半件類似胸圍嘅兩塊三角形布料，下半件又類似底褲嘅兩塊三角形布料。

比堅尼喺四〇年代由法國人設計出嚟嘅，但係一直受道德爭議而未有普及。直至六〇年代英國007電影《Dr. No》，香港譯名《鐵金剛勇破神秘島》，邦女郎喺熒幕裡頭著住套「白色比堅尼」而受人注目。再加埋體育雜誌同其他媒體嘅曝光，比堅尼最終流行起嚟。

絲襪褲　si1 mat6 fu3　(Pantyhose)

又叫緊身襪、五個骨襪，簡稱襪褲，係一種由腰到腳緊包軀體嘅褲襪，多數襪褲係設計畀女性穿著，有部分係畀男性著嘅。襪褲出現喺六〇年代，亦成為當時長絲襪嘅另一種可以選擇嘅下身服裝形式。

絲襪褲嘅前身係出現喺上世紀四〇至五〇年代嘅電影同劇場裡頭，製作公司將絲襪同短褲縫埋一齊畀啲女演員同舞蹈員穿著，而喺一九五五年美國電影《Daddy Long Legs》，香港譯名《長腿叔叔》裡頭亦有出現。

玻璃絲襪　bo1 lei1 si1 mat6　(Silk Stockings)

呢個係女性絲襪嘅代名詞，喺著咗絲襪時透明同有光澤嘅滑潤感覺，就好似玻璃一樣咁嘅現代感，令女性表現出現代神秘感，更加顯出性感。

另外，美國喺一九五七年上映咗一齣同名嘅愛情歌舞喜劇電影《Silk Stockings》，而同年喺香港上映時個戲名就譯做《紙醉金迷》。

白飯魚 baak6 faan6 jyu2 （Plimsolls / Sneakers）

又叫白布鞋，係一種平價白色帆布鞋嘅俗稱，通常係出產自中國大陸。呢種白布鞋嘅鞋身同鞋底都比較單薄，橡膠鞋底通常係綠色或黑色。白飯魚曾經成為香港唔少中學同小學上體育堂時指定著嘅運動鞋。

人字拖 jan4 zi6 to1 （Flip-flops）

係一種鞋面改為人字形帶設計嘅拖鞋，喺穿著時用腳趾夾住，所以又畀人叫佢做「夾腳拖」。人字拖基本係平底嘅，用塑膠製成，上面有人字形膠帶。由於比較實用方便，著嘅時候用腳趾夾住就得，所以有唔少人都鍾意喺屋企著，又或者短時間出街同去沙灘時穿著。

十三點 sap6 saam1 dim2 （Miss 13 Dots）

一九六六年出版嘅一本香港少女漫畫，曾經風行一時。女主角經常更換新款時裝，有人曾經統計過喺《十三點》裡頭出現過嘅時裝就超過一千七百件。而漫畫裡頭十三點嘅紙上時裝設計亦反映當時女性追求西方潮流心態。

七〇年代

CAT1 LING4 NIN4 DOI6

1970'S

香港逐漸成為國際城市，製衣業蓬勃發展，男裝流行興闊襟大領等款式；便裝有喇叭褲、鬆糕鞋、T恤、牛仔褲、針織衫、連身褲等；中式嘅長衫、旗袍已經成為咗高價時裝，喺「香港小姐」競選之中，旗袍亦成為展現東方體態美嘅一項服飾。

而當時電視劇集大受歡迎，劇中人嘅形象，亦成為咗市民爭住模仿嘅對象。例如美國電視連續劇《星晨女探俏嬌娃／神探俏嬌娃》（Charlie's Angels）裡頭，除咗幾位俏嬌娃嘅衣著之外，主角之一花拉科茜（Farrah Fawcett）嘅「花拉頭」髮型到處都有見到。

懶人褲　**laan5 jan4 fu3**　(Loon pants)

呢個時期又出現一種喇叭褲嘅變體，基本上係同大象喇叭褲（Elephant bells）類似，係比普通喇叭褲有更大嘅下擺。據聞喺一九六六年英國電視音樂綜藝節目《Ready Steady Go!》入面，曾經有藝員著過類似呢種懶人褲嘅闊腳褲喺節目入面表演。

喇叭褲　**laa3 baa1 fu3**　(Bell-bottoms; flares)

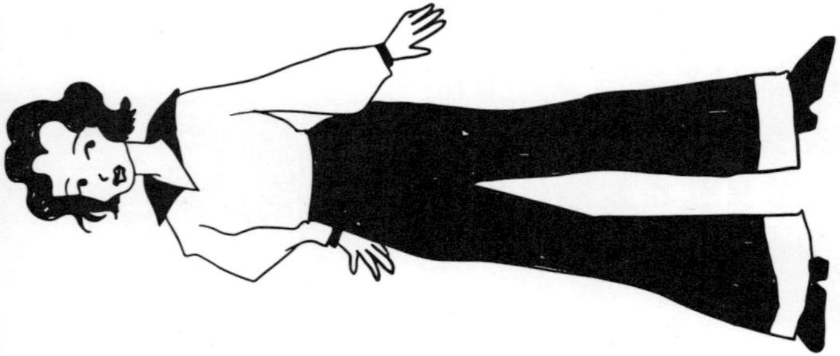

呢款係一種下擺由膝頭向下變闊，褲腳呈鐘形或喇叭形嘅褲。

喇叭褲喺六〇年代中後期出現，到七〇年代喇叭褲成為主流時尚。當時喺香港嘅後生仔女都有跟隨潮流，十八寸褲腳嘅喇叭褲，再加八寸高嘅「鬆糕鞋」，即時高過好多鬼佬呀！

牛仔褲　ngau4 zai2 fu3　(Jeans)

十九世紀由美國人發明同開始生產。牛仔褲嘅流行同發展，咁就得歸功於嗰啲連香港人都熟悉嘅荷里活大明星，例如馬龍白蘭度、貓王皮禮士利（Elvis Presley）、瑪莉蓮夢露（Marilyn Monroe）等等。佢哋喺電影中著住條Levi's牛仔褲，一啲灑脫故事加上男人嘅浪漫形象，營造出一種現代服裝嘅模式。

牛仔裙　ngau4 zai2 kwan4　(Denim Skirt; Jean Skirt)

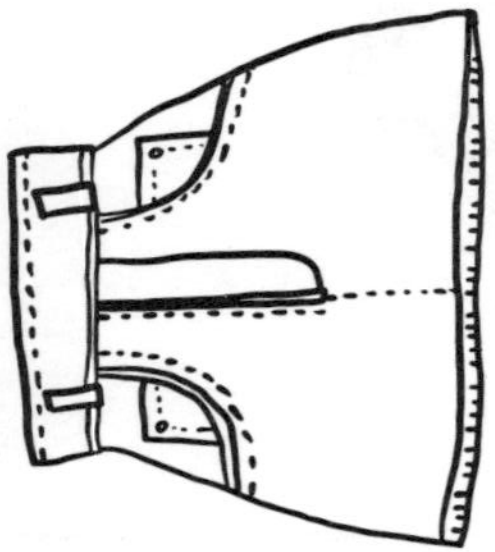

用牛仔布做成嘅牛仔裙，有唔同嘅長度唔同款式，例如：長裙、迷你裙、直筒裙。而基本款式類似牛仔褲，喺前面有褲扣、皮帶圈，後面有袋。

牛仔裙喺七〇年代成為主流時尚，去到八〇年代尾流行針織布，牛仔裙亦開始退潮。

鬆糕鞋 sung1 gou1 haai4 (Platform Shoes)

喺世界各地流行嘅一種新形式嘅「高踭鞋」／「高底鞋」，好多貪靚嘅後生仔女都鍾意著呢款（鞋底似鬆糕一樣厚）嘅鞋去街。鬆糕鞋喺九〇年代又再復興過，不過就換咗個名叫「厚底鞋」，而且種類同款式都多好多。

T恤　ti1 seot1　（T Shirt）

又叫T字衫、文化衫、過頭笠，係種短袖圓領，長到腰位，無鈕同無衫袋嘅恤衫，攤大睇落好似英文字母「T」，所以就有呢個名。T恤可以有唔同嘅顏色，衫上面又可以印字或者圖案。後來又出咗款「V領」嘅T恤，不過「V領T」多數人都比較鍾意著淨色嘅。

T恤喺四〇年代出現，尊榮、馬龍白蘭度都喺上電視節目時著過，而占士甸（James Dean）重喺電影《阿飛正傳》（Rebel Without a Cause）裡頭著。五〇年代中後期社會開始接受呢種服裝；到六〇年代成為西方潮流，係年輕人同搖滾音樂愛好者嘅基本裝束。

Polo恤　pou1 lou2 seot1　（Polo Shirt）

又叫鋪佬衫，係種有衫領，胸口對上先至有三粒鈕扣嘅恤衫。雖然Polo呢個名係解馬球，不過佢最先設計出嚟係畀打網球嘅人著。

Polo恤喺六〇年代尾推出男士品牌，到七〇年代又出女裝系列，又喺九〇年代推出運動裝束系列。品牌旗下產品有服飾、飾品、香水、傢俬，同埋喺芝加哥嘅餐廳RLRestaurant。

背心　bui3 sam1　（Undershirt; Vest; Waistcoat）

係對一種無袖上衫嘅統稱，包括用嚟做底衫（內衣）嘅背心同外套（馬甲）。呢種衫唔限穿著性別，不過男用背心同女裝背心喺剪裁設計、穿著場合等方面都各有差異。另外，背心或馬甲又會用喺其他衣服上面嘅無袖外衣，作用就包括保暖、美觀、修飾等。

清代曹雪芹《紅樓夢》第三回：「只見一個穿紅綾襖、青緞掐牙背心一個丫鬟走來笑說道：『太太說，請林姑娘到那邊坐罷。』」也稱為「背褡」、「背單」、「搭背」、「坎肩」。

雞翼袖　gai1 jik6 zau6　（Chicken Wing Sleeves; Vest）

係對無袖衫嘅統稱，包括用嚟做底衫嘅背心（Vest）同做外套嘅背心（Waistcoat）。

吊帶背心　diu3 daai3 bui3 sam1　（Camisole）

一種無領無袖嘅女裝背心，通常係用色丁、尼龍或者棉質製成。依家嘅吊帶背心睇落似比較鬆身嘅女裝無袖底衫，衫身只係包住上半身，衫身又比T袖要短啲。另外，多數女性喺著吊帶背心時，都會喺外面加件有袖嘅衣飾或者外套。

無帶背心 mou5 daai3 bui3 sam1 (Tube Top; Boob Tube)

又叫圍胸、裹胸，係一種無肩無袖包住上半身嘅女性內衣。因為無帶背心冇膊帶同袖，所以設計上就相當緊，多數會用有彈性嘅布料，避免背心滑落。無帶背心最早喺五〇年代問世，至七〇年尾至八〇年代初流行，後來又喺九〇年代同二千年代重新流行。

八〇年代

BAAT3 LING4 NIN4 DOI6

—— 1980'S ——

香港製衣業嘅黃金時代，好多本地時裝設計師都喺呢個時期建立自己嘅品牌，而國際時裝名牌亦都畀商家陸續引入到香港。八〇年代係一個時尚以浮誇嘅型為主，閃片、螢光色、寬鬆剪裁、大墊膊外套、單車褲、高腰褲、帽、皮褸、牛仔褸……都係當時服裝嘅必要元素。由戴安娜王妃、梅艷芳引領時尚，向世界各地嘅粉絲展示。

香港人收入好咗，又出現一班「優皮士」」（Yuppie: young urban professional），年輕嘅城市專業人士。本地偶像大走日本偶像風格，令東洋打扮成為其中一個主流，波鞋、牛仔褲、三個骨、印花袖衫，都極之流行。

大墊膊 **daai6 zin3 bok3** （Large Shoulder Pads）

又叫膊墊，係服裝兩邊膊位半圓形或橢圓形嘅襯托墊，係塑造肩部造型嘅輔件。作用係令人嘅膊頭睇落保持有水平狀態。意大利品牌Giorgio Armani喺八〇年代就係靠用大墊膊設計闊膊西裝而成功上位。

八〇年代電視連續劇《豪門恩怨》（Dynasty）裡面，都有出現有關使用墊膊成為覆蓋所有衣服嘅必需品。其中有一幕係講有個聰明絕頂嘅女仔，佢諗到直接將兩塊大墊膊扣喺胸圍入面嘅方法，跟住就……

另外，喺二〇〇一年香港上映嘅功夫電影《少林足球》（Shaolin Soccer）裡頭，喺五師兄（周星馳）面前，阿梅（趙薇）重現咗八〇年代嘅化妝同埋大墊膊西裝。

格仔衫 gaak3 zai2 saam1 (Checkered Shirt)

係傳統衣料同時尚設計嘅經典結合，任何年齡層嘅男女都可以穿著，係一款比較休閒百搭嘅服裝。比較出名嘅就係蘇格蘭紋（Scottish Pattern），喺英國蘇格蘭格仔註冊會記載咗幾百種唔同嘅格仔圖案。

香港興起格仔褸、格仔衫嘅潮流，都係由日本嘅格仔樂隊（Checkers Band）熱潮開始，亦係由格仔樂隊改變風格唔著格仔衫之後而減退。

格仔布 gaak3 zai2 bou3 (Checkered Fabric)

指方格帶顏色嘅布，係布料上嘅一種圖案，又係紡織方式嘅一種，根據紗支唔一樣而價格亦唔一樣。

窄腳褲　zaak3 goek3 fu3　(Slim-fit Pants)

又叫細腳褲，係褲管部分細窄嘅褲，男女裝都有嘅款式，有低腰同中腰型。特點係貼合身材，用嘅面料都係有彈性嘅，可以令腿部睇起嚟更加修長。

廣告對白：細腳褲嘅搭配亦係好多樣化嘅，喺搭配休閒嘅T恤時彰顯出青春活力；搭配西裝亦能夠令人喺嚴肅之中透出一種隨意嘅元素；可以根據個人嘅喜好隨意搭配出自己嘅風格。

蘿蔔褲　lo4 baak6 fu3　(Peg-top Pants)

又叫闊髀褲、錐形褲，係比正常褲型再微寬鬆一嘅褲型，由屁股到大髀一直伸至腳眼褲腳部分收窄。蘿蔔褲可以修飾身材，尤其係擁有X型身材同梨形身材嘅女性，當年有人話如果你有對蘿蔔腳，就絕對需要有一條蘿蔔褲。又有人估計蘿蔔褲最好賣嘅地方就係日本，點解呢？

燈籠褲　dang1 lung4 fu3　(Bloomers)

又叫鬆髀褲，喺一八五〇年代早期因為Amelia Jenks Bloomer嘅緣故而普及，而呢種褲亦因為佢嘅緣故而得Bloomers呢個名。燈籠褲係一種褲管相當蓬鬆睇落似個燈籠嘅褲，所以中文就用咗呢個嚟做譯名。當時嘅婦女就係著住呢種褲嚟做運動嘅，後來呢種褲逐漸唔再流行。到一九八〇年代又再重新流行，而且已經變咗做男女百搭裝啄。

三個骨褲　saam1 go3 gwat1 fu3　(Capri Pants)

又叫七分褲，三個骨嘅「骨」係指英文Quarter四分之一嘅意思，而三個骨即係Three Quarters，所以三個骨褲係指一種只有「四分之三長度」嘅長褲，褲管只冚過膝頭，多數係女裝，通常喺天時暖嘅時候著。

另外三個骨重有兩個意思，一個係指時間「九個字」（即四十五分鐘）；另一個係指每個鐘頭嘅「踏九」（四十五分），例如一點三個骨即係「一點踏九」（即一時四十五分）。

直身褲 zik6 san1 fu3 (Straight Pants)

即係直腳褲，又叫直管褲，因為形象似兩條直筒而得呢個名嘅。特點係可以將女人嘅腿粗、盆骨大、蘿蔔腳等問題都收埋，視覺上令雙腳變得好直。

專家建議：如果想有明顯瘦身嘅效果，要注意「上輕下重」嘅原則，因為直身褲已經屬於重位部分，所以上身就要揀啲比較貼身基本款嘅衫，例如係樽領衫同T-shirt等呢啲類型。

單車褲 daan1 ce1 fu3 (Cycling Shorts; Bicycling Shorts)

又叫單車短褲，係一種有專用軟墊嘅緊身運動短褲，專為單車運動而製，特點係增加單車手嘅舒適度同效能。一般嚟講著單車褲係唔會著底褲嘅，話可以減少皮膚同衣物互相磨擦。另外單車褲嘅物料亦有排汗功能、防紫外線功能等。

針織裙 zam1 zik1 kwan4 (Knit Skirt)

用針織布製成嘅裙，包括短裙、長裙、迷你裙、連身裙等等。針織布嘅特點係有彈性、柔軟、透氣。針織裙喺一九八〇年代尾開始流行。

針織布 zam1 zik1 bou3 (Interlooping)

係指透過織針將紗線產生線圈，線圈互相循環交織而產生針織布，係平日衣著中最常見嘅一種，另外一種係平織布。針織布只係一個統稱，而按照布料嘅織法可以分成三個種類。圓編（緯編）針織布、經編針織布、橫編針織布（通常用嚟做領片、袖口、下擺等用途）。

荷葉邊迷你裙 ho4 jip6 bin1 mai4 nei5 kwan4 (Rah-rah Skirt)

又叫啦啦隊裙，係有荷葉邊嘅分層短裙，據聞係源自於競技啦啦隊，喺八〇年代初期成為少女嘅流行服飾。

啦啦隊 laa1 laa1 deoi2 (Cheerleading)

係比賽活動時喺場邊為參賽者加油同打氣嘅隊伍，加油方式通常係用舞蹈動作、加油歌、道具、口號、海報，嚟達到鼓舞參賽者士氣嘅效果。

九〇年代

GAU2 LING4 NIN4 DOI6

1990'S

香港品牌時裝拓展到世界各地，亦有創立本地品牌嘅連鎖店，社會上時流行「頹廢碌／邋遢碌」（Grunge Look）；又時興簡約同悠閒嘅風格，以大自然色彩、細條紋嘅形式為主；亦開始講究服飾嘅用料同造工。當時期因為九七問題全球吹起東方熱，香港時裝設計亦一窩蜂加入本土同埋中國元素，實行用東方傳統技藝加上西方款式互相結合埋一齊（中西合璧）。

九〇年代後期又流行復古風格，流行單品有緊身衫、鐘形褲、厚底鞋、坦克背心、高腰迷你裙、塑膠頸鍊、及膝襪、緊身褲、細肩帶洋裝、高領冷衫、三個骨褲、高腰褲、開襟羊毛衫、軍裝衫、石磨牛仔褲、動物紋印花都好普遍。

緊身衫　gan2 san1 saam1　（Skin-tight Garment）

係用有彈性、同會貼身嘅延展纖維（彈性纖維）製造嘅服裝，第一個出現喺市場嘅延展纖維係喺一九六二年，而且帶動服裝業嘅產業轉變。

緊身連衣褲　gan2 san1 lin4 ji1 fu3　（Catsuit）

又叫全包緊身衣，大多數係用尼龍同乳膠混紡製造，主要用途有表演、攝影、體驗、觸覺全包緊身衣嘅感受。全包緊身衣有時候會畀人用喺劇場、電視廣告、電視劇等演出，因可以做出特別嘅效果，例如貓女、蜘蛛人、軟骨功等；又或者喺拍攝期間要使用電腦做特技效果時，畀替身著住嘅。

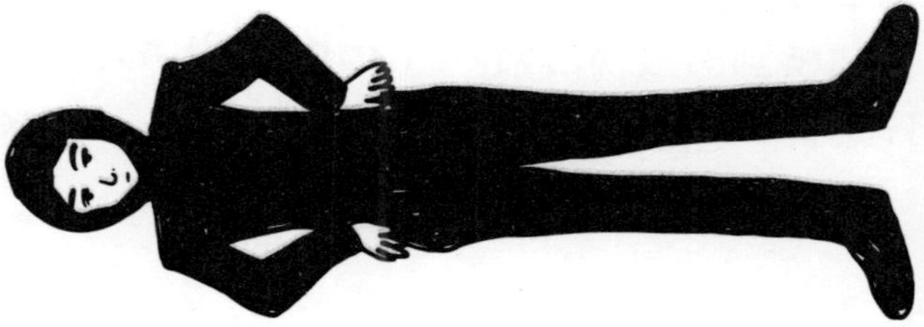

吊帶裙 diu3 daai3 kwan4 (Slip Dress)

又叫吊帶背心裙或者吊帶連衫裙，喺上世紀九〇年代開始普及嘅一種輕鬆連身裙，膊頭上有細肩帶，個款睇落同件底衫裙類似。特點係用料纖薄，比較輕盈性感，容易走光同埋非常引人注目，可能係受內衣外穿嘅潮流影響而設計出嚟嘅。

千禧年代

CIN1 HEI1 NIN4 DOI6

2000'S

香港被譽為東南亞最具衣著品味嘅城市，香港人唔係只去追求一年四季有得著就夠，時裝設計仍然流行極簡主義，要求時尚、健康、個性、品牌化嘅服飾，已經變成香港人生活中唔可以缺少嘅話題，亦已經成為追求完美、追求個性嘅審美標準。而成熟女性鍾意年輕嘅打扮，又流行自由隨意配搭，將隨意同高級時裝嘅品味連埋一齊。

女僕裝　neoi5 buk6 zong1　(French maid)

又叫女僕服，一開始係指女僕嘅工作裝，通常會有圍裙同頭巾。喺十九世紀末嘅法國，傭人同女管家大多數都會著呢種服裝做嘢嘅。不過到廿一世紀傳入日本之後，又可以指嗰種仿照真女僕裝而製作出嚟嘅女性服裝，而呢個潮流亦嚟到香港。

角色扮演　gok3 sik1 baan6 jin2　(Cosplay; コスプレ)

Cosplay係「和製英語」(Costume Play) 嘅混成詞，已經成為世界通用嘅詞彙。係指利用服裝、飾品、道具同化妝搭配等，扮演動漫、遊戲中人物角色嘅一種表演藝術行為。而參與扮裝活動嘅表演者，通常稱呼做Cosplayer、簡稱Coser、中文稱為「角色扮演者」或「角色扮演員」。

瑜伽褲 jyu4 gaa1 fu3 (Yoga Pants)

九〇年代尾出現，係一種高彈性嘅貼身女裝襪褲，最先係用尼龍同萊卡製造，之後改用更加透氣同防臭嘅物料。瑜伽褲本身係做瑜伽運動時穿著嘅服飾，隨著運動休閒風嘅興起，高腰緊身瑜伽褲又畀好多女士當日常便服嚟著出街。

四角褲 sei3 gok3 fu3 (Boxer Shorts)

俗稱孖煙囪，又叫平口褲、平角褲，係一種男裝底褲，亦有女裝類型。後來又設計成拳擊手所著嘅短褲，之後嘅籃球褲街頭服飾都有出現。四角褲多數係用棉料材質製成，最大嘅特質係寬鬆透氣。

千禧年後

CIN1 HEI1 NIN4 Do16

—— MiLLENNIUM AfTER ——

千禧年Y2K風格繼續復興又再掀起潮流，要求簡單隨意配襯，熱褲、低腰迷你裙、緊身運動衫、單車短褲、公子衣著、街頭服飾等一樣流行。同樣要求有高端時尚、健康形象、個性化，亦唔少得品牌化嘅流行服飾。雖然明明係人人都嗌醜嘅漁夫背心、醜鞋、老土腰包等嘅單品，喺呢個時期又好受歡迎，而又有唔少高端品牌亦乘勢推出呢類產品。

街頭文化 gaai1 tau4 man4 faa3 (Street Culture)

幾乎喺街頭上嘅任何藝術都可以成為街頭文化，呢種街頭文化喺二十世紀七〇年代開始發展，特別係集中喺歐美嘅街頭地區，後來引發亞洲嘅街頭文化出現。街頭嘅說唱音樂（RAP）同搖滾音樂等，重有街頭舞蹈（街舞）、滑板族、踩雪屐（滾軸溜冰），跟住出現嘅係街服（街頭服飾）同埋塗鴉等。

街頭服飾 gaai1 tau4 fuk6 sik1 (Streetwear)

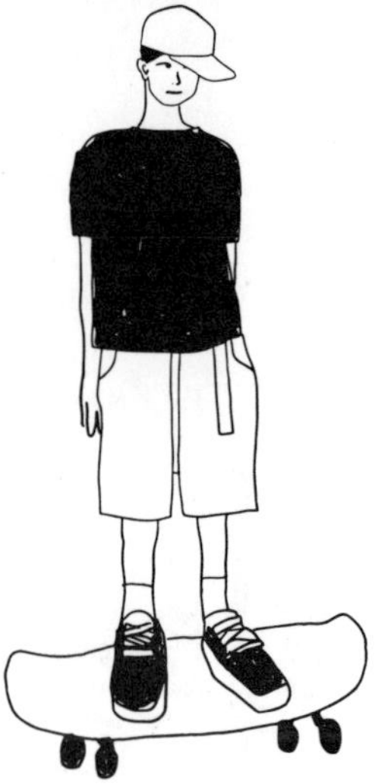

東方國家嘅（Hip Hop）文化並唔及西方地區咁般普及，不過再加入韓流文化一齊，就令到「街頭服飾」喺亞洲爆紅，Street Fahsion由小眾服飾變成全球化成為潮流，瘋魔一眾後生仔女。依家嘅街頭服飾款式多變，由平民化至高端時尚嘅都有，而最早一代嘅街頭服飾原形，就係經常流連喺街邊「衣不稱身」嘅街童形象。

緊身單車短褲 gan2 san1 daan1 ce1 dyun2 fu3 (Tight Cycling Shorts)

一種專為單車運動而製嘅緊身短褲，特色係可以增加單車手嘅舒適度同效能。普通嘅緊身短褲可以用嚟當便服著，例如喺健身或者跳舞時穿。不過普通緊身短褲就冇好似為單車褲設計嘅專用軟墊，所以就唔可以發揮好似單車短褲嘅功效。

香港製衣業

HOENG1 GONG2 ZAI3 JI1 JIP6

Hong Kong
Garment Industry

香港製造業歷史悠久，而製衣業喺二十世紀初開始萌芽，當年尚未有獨立嘅「製衣廠」，製衣部門通常附設喺織造廠裡頭，唔少織造廠除咗供應布料之外，亦會生產一啲工序簡單嘅成衣。用製衣（Garment）等命名嘅純製衣廠就喺三〇年代出現。二次大戰前香港製衣廠生產嘅成衣主要係背心、線衫、笠衫、底褲、棉織襪、泳衣等中下價貨品，出口去大陸內地、南洋同埋其他英聯邦國家同英國殖民屬地。

直至一九五〇年代後期歐美市場開放，香港製衣業先至有重大發展。二次大戰後初期製衣廠以生產恤衫為主，喺當時大眾嘅眼中，製衣廠就同恤衫廠等同。到六〇年代香港嘅出口成衣貨價開始提升，產品種類亦開始多元化，成衣製品擴展至西裝褲、外套、睡衣、運動衫等類別。

至七〇年代初本地製衣廠大量投產牛仔裝，成為當時期出口總值最高嘅成衣，而且維持蓬勃發展至八〇年代中期到達頂峰。同時期一啲成衣嘅生產工序開始北移大陸，香港公司就轉向生產前期同後期嘅管理支援事務。至到九〇年代中期香港經濟結構轉向服務業為主，製衣業喺香港經濟嘅地位漸漸下降。

代工生產 **doi6 gung1 sang1 caan2** （Original Equipment Manufacturer, OEM）

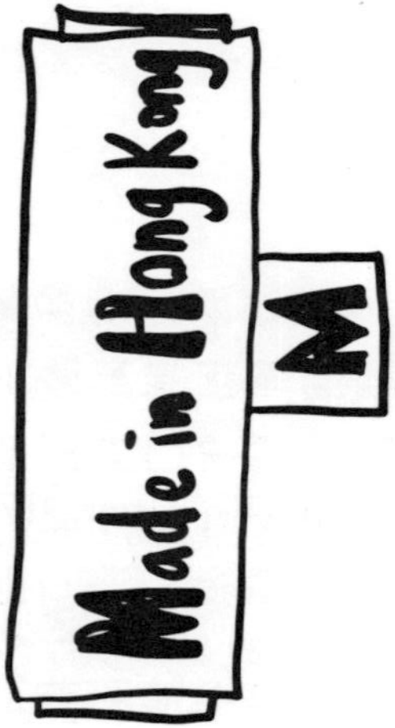

由一九六〇年代開始，代工生產（OEM）係香港製衣業嘅核心經營模式之一，由採購方提供式樣同設計，由製衣廠負責生產、提供人力同場地，而採購方就負責銷售嘅一種生產方式。當時美國嘅大型連鎖店例如Wal-Mart同K-Mart，都會同香港嘅製衣廠落單訂造成衣。而本地製衣廠商亦會為歐洲美加等嘅採購商嘅品牌，做式樣設計、打板同生產等，例如Hugo Boss、Littlewood、Marc Jacobs、Marks & Spencer、Nike等牌子。

自創品牌 **zi6 cong3 ban2 paai4** （Own Brand）

喺一九七〇年代起，部分大型製衣廠開始發展設計自己嘅品牌，參照外國時裝界嘅模式創立自家品牌，例如繽繽（Bang Bang）、奔騰（Britain）、鍾意恤（Join-in-Shirt）、馬獅龍（Michel Rene）等品牌。佢哋自己生產、自己推銷，有啲重自己開埋門市。

品牌代理權 **ban2 paai4 doi6 lei5 kyun4** （Brand Agency Rights）

製衣廠商除咗自創品牌之外，亦會投資品牌代理權，即係廠商透過合約形式授予某個人或公司銷售產品嘅權利。通常品牌代理商可以用一個較低嘅折扣攞到品牌產品，然後再用統一嘅零售價嚟銷售，其中嘅差價就成為品牌代理商嘅主要利潤來源。例如英國嘅雅格獅丹（Aquascutum）；法國嘅查李斯佐敦（Charles Jourdan）、法國嘅鱷魚（Lacoste）等就係香港一間製衣廠，用合約形式簽番嚟做獨家代理嘅時裝品牌。

收購品牌　**sau1 kau3 ban2 paai4**　（Acquire Brands）

製衣廠商除咗會投資品牌代理，如果想公司再進一步發展，有啲廠商甚至收購歐洲美國嘅名牌，或者自己生產同推銷，又或者向銷售商收版權費。例如法國嘅姬龍雪（Guy Laroche）；美國嘅漢登（Hang Ten）、Tommy Hilfiger就係香港公司收購番嚟嘅時裝品牌。

黃金年代　**wong4 gam1 nin4 doi6**　（Golden Ages）

一九八〇年代係香港製衣業嘅黃金時期，廠商開始生產高檔成衣。產品以恤衫、西褲、外套、T恤、牛仔褲為主，出口市場主要包括美國、西德、英國同加拿大等。而本地出現嘅零售成衣品牌就有：班尼路（Baleno）、鱷魚恤（Crocodile）、Reno、Sahara Club、Sparkle等。

配額制度　pui3 ngaak2 zai3 dou6　（Quota System）

一九八六年美國配額制度範圍擴大至香港輸入美國嘅九成紡織品。協定指明配額嘅實施辦法：由進口國同出口國個別協商，按近期出口量表現，制訂出口量同貨種，再參照各本地廠家嘅成衣產量發放配額數量。

本地市場　bun2 dei6 si5 coeng4　（Local Market）

一九九〇年代香港製衣亦世界有名，香港設計嘅品牌服裝喺世界各地嘅百貨公司、專門時裝店都有得賣。香港廠家致力拓展海外市場，同時亦嘗試開發國內時裝市場，而香港嘅本銷市場亦出現新嘅品牌連鎖店，例如堡獅龍（Bossini）、Episode、佐丹奴（Giordano）、縱橫二千（G2000）、Jessica、U2等。

粥

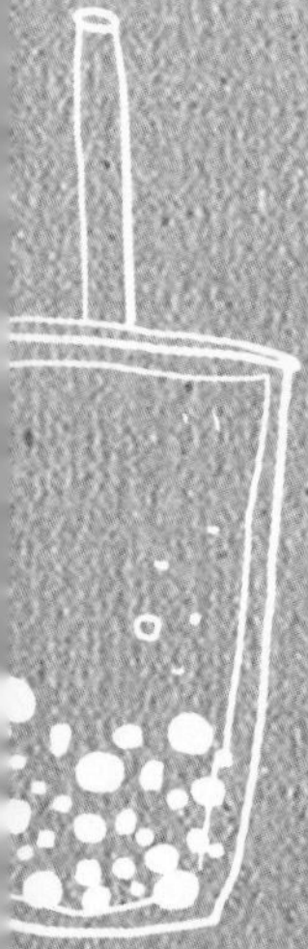

Food

食

SIK6

SIK6

食

FOOD; MEAL; EAT

香港嘅飲食文化，係東方同西方飲食文化嘅匯聚所在，特別發展出一個糅合「粵菜」同「西餐」嘅飲食習慣，因為咁而被譽為「美食天堂」。作為全球各地文化嘅交流同匯聚點，除咗廣東人最鍾意嘅粵菜之外，其他包括英國、法國、德國、意大利、美國、墨西哥、巴西、日本、韓國、臺灣、越南、泰國、印度等餐廳喺香港都係好常見嘅，佢哋嘅外來飲食文化都豐富咗香港嘅「本地」飲食文化。

飲食，又出於明代羅貫中《三國演義》第八回：「哀號之聲震天，百官戰慄失箸，卓飲食談笑自若。」

清朝吳敬梓《儒林外史》第五回：「及到天氣和暖，又勉強進些飲食，掙起來家前屋後走走。」

特色飲食

DAK6 SIK1 JAM2 SIK6

HONG KONG

SPECIALTY DIET

講起香港特色飲食文化嘅時候，「大牌檔」同「茶餐廳」都會浮現喺大家嘅腦海裡。喺二次大戰以前，香港好多住宅區附近都會有大牌檔嘅出現，呢啲大牌檔最初主要係賣油炸鬼、叉燒包等廣東式早餐。而到咗戰後香港又受到西式文化影響，開始崇尚西式飲食，但係由於當時嘅西餐廳啲嘢食收費好貴，而且又唔係咁大眾化，為咗以平嘅價錢享受到西餐廳嘅食品，冰室同茶餐廳於是就興起。

大牌檔 **daai6 paai4 dong3** （Big Plate Stalls）

又寫做大排檔（Large-row Stalls），曾經係香港好普遍嘅露天食肆。大牌檔嘅特色係冇冷氣同埋唔係太企理、有好多唔同種類嘅食品、抵食，同埋夠鑊氣。但係由於嚴苛嘅衛生條例同埋政府唔再向公眾發出經營牌照，大牌檔喺香港已經買少見少，逐漸面臨絕蹟嘅命運。依家喺一啲市政大廈嘅熟食中心入面，可以搵到啲食肆重會保留些少大牌檔嘅風味嘅。

碟頭飯 **dip6 tau2 faan6** （food with rice on a plate）

又叫廚房飯，係食肆好常見嘅米飯料理做法，即係喺碟白飯上面加啲餸料，做成一人食嘅分量，唔使將其他餸分開用碟碗上，好多大牌檔、快餐店、中西式餐廳都有賣嘅配菜飯。喺香港，碟頭飯通常都會配埋嘢飲或者例湯（餐湯）做一個餐嘅。

茶水檔 **caa4 seoi2 dong3** （Tea Stall）

又叫茶檔，屬於大牌檔之中嘅西式茶水檔，主要賣奶茶、咖啡、汽水、蛋治、麵包、通粉、菠蘿油之類嘅早、午餐嘢食。其中就有好多人都聽講過嘅絲襪奶茶。

絲襪奶茶 **si1 mat6 naai5 caa4** (Stockings Milk Tea)

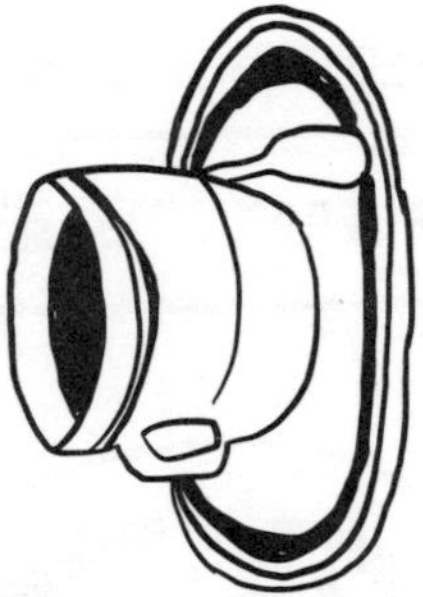

即係指港式奶茶（Hong Kong-style Milk Tea），係有香港特色嘅一種奶茶製作方式，通常係香港人平日嘅早餐同下午茶時間嘅飲品，已經成為香港非物質文化遺產。基本上依家喺茶餐廳飲到嘅奶茶都係用「絲襪奶茶」嘅方式炮製。

鴛鴦 **jin1 joeng1** (Yuenyeung; Coffee with Tea)

即是奶茶溝咖啡，係一種發源於香港用七成奶茶同三成咖啡加埋嘅混合飲品，既有咖啡嘅香味又有奶茶嘅濃滑，喺大牌檔、茶餐廳、港式快餐店都可以飲到。

後來又發展出一種叫做「鴦走」嘅沖調方法，同「茶走」相似，就係將淡奶改用煉奶，因為煉奶有糖分，所以鴦走通常唔使再加糖。

粥檔 zuk1 dong3 （Porridge Stall）

屬於大牌檔嘅熟食檔之一，主要賣粥品、油炸鬼（油條）、腸粉（豬腸粉）之類嘅食品。粥品就以廣東生滾粥為主，例如有艇仔粥、及第粥、豬紅粥、豬雜粥、皮蛋瘦肉粥、魚片粥等；而腸粉類嘅嘢食就包括牛肉腸、豬肉腸、豬肝腸、魚片腸、蝦米腸、鮮蝦腸、炸兩（腸粉包油條）等。

豬腸粉 zyu1 coeng4 fan2 （Chee Cheong Fun; Rice Rolls）

係一種由米漿做出嚟嘅食品，將啲米漿蒸過之後就會變成膜，卷好之後就好似豬腸咁，所以就叫做豬腸粉。不過依家多數人都簡稱佢做腸粉，甚至簡單到就咁叫「腸」，例如齋腸、蝦腸、叉燒腸、牛肉腸等。

炸兩 zaa3 loeng2 (Cha Leung)

係一種喺香港流行嘅特色食品，將豬腸粉同油炸鬼兩種嘢食夾埋一齊而產生嘅小食。做法係用蒸出嚟嘅豬腸粉皮包住條油炸鬼，然後切成細段，淋上豉油，灑上芝麻即成。

粉麵檔 fan2 min6 dong3 (Noodle Stall)

屬於大牌檔嘅熟食檔之一，主要賣有湯類嘅粉麪熟食，例如雲吞麪、魚蛋粉、牛腩麪、牛雜河等等，有啲會賣埋燒味同滷味。早期通常冇賣茶水嘢飲，要去隔籬檔口或者行多兩步嘅士多賣，後來先至加賣汽水同啤酒。

雲吞麵 wan4 tan1 min6 (Wonton Noodles)

又有寫餛飩麪，用蝦豬肉包嘅雲吞同蛋麪煮成嘅麪食（平啲嘅就用生麪），通常用大地魚做湯底，再加韭黃同少少醋嚟調味。

舊時食嘅雲吞麪又叫做蓉麪，又有分三種，細蓉：一個一両重嘅乾麪餅，配四粒雲吞。中蓉：一個半嘅乾麪餅，配六粒雲吞。大蓉：兩個乾麪餅，配八粒雲吞。

燒味檔　siu1 mei2 dong3　（Siu Mei Stall; Barbecue Food Stall）

燒味（Siu Mei）係粵菜中一種爐火燒烤嘅食品，包括叉燒、燒肉、乳豬、切雞、油雞、燒鴨、燒鵝等，有啲檔重會賣埋燒臘同滷水嘢食。通常會配埋飯一齊賣，叫做燒味飯，亦會配米粉、河粉、麪等其他主食。燒味源於廣東，而且流行喺香港、澳門、臺灣，而大陸嘅華南地區同海外華人地區亦都好普遍。除咗大牌檔，喺酒樓或其他中式餐館，至快餐店都有提供呢類嘢食。

叉燒　caa1 siu1　（Char Siu / Barbecued Pork / BBQ Pork）

係廣東、香港、澳門等地好常見嘅一味傳統粵菜（Cantonese Cuisine）食材。而傳統製作嘅叉燒係以醃好嘅豬肉，用叉串起放喺火爐上烤製而成。不過近年亦流行用家庭式嘅焗爐嚟做叉燒，做出嚟嘅效果同傳統嘅方法差唔多。

滷味檔　lou5 mei6 dong3　（Lou Mei Stall; Vegetarian Stall）

香港嘅滷味主要係潮汕風味嘅滷水食品，係用「白滷水」或「黑紅滷水」製作嘅海鮮、乳鴿、鴨、鵝，包括埋內臟同埋豆腐等為主嘅冷盤食物，亦有用豬整嘅滷水豬頭、豬手、豬耳等。以前喺街市經常見到啲檔口滷完擺出嚟攤凍嘅滷味，等有客買嗰時先用刀切開一件件，再淋上熱嘅滷汁。另外，有一啲喺街邊賣嘅「紅滷水」整嘅滷味小食，例如雞腳、雞腎、墨魚、生腸、紅腸、豬頭皮同豬耳等等。

齋滷味 **zaai1 lou5 mei6** (Vegetarian Mock Meats)

係香港傳統齋舖有得賣嘅一種素食，其實齋滷味主要成分，都係用麪筋配唔同嘅醬汁做成。通常有酸甜齋、豉油齋、蠔油齋、咖喱齋等口味，又有食意唔食形嘅齋雞、齋鮑魚、齋叉燒、齋鴨腎等唔同口感嘅齋滷味。

喺二〇〇六年香港上映嘅電影《春田花花同學會》裡頭就有首歌叫《齋滷味》，由梁洛施主唱，葉氏兒童合唱團伴唱。歌詞中就有：「齋滷味，細個就已經食；齋滷味，至正係拜山食……明明係滷味，原來係嚿齋；明明係嚿鴨，原來係麪筋；明明係切雞，原來係腐竹……」

冰室　**bing1 sat1**　(Bing Sutt; Cold Drink Restaurant)

又叫做凍飲舖頭、咖啡室、茶冰室、冰廳、咖啡廳、茶冰廳等，大概喺一九五〇年代先開始興起，當時主要係模仿高級西餐廳提供平價嘅西式簡餐。之後冰室開始平民化，只係賣小食而唔賣主餐食物，因為香港食肆牌照分「普通食肆」同「小食食肆」兩種，普通食肆可以賣任何食物；而小食食肆就只可以賣指定組合嘅食品。

冰室嘅招牌凍嘢就有菠蘿冰、雜果冰、紅豆冰，後來又加埋舊時喺街邊食到嘅涼粉冰，重有用雪糕同可樂整嘅「黑牛」；熱飲嘅有咖啡、奶茶、阿華田、好立克、牛肉茶等；又賣埋各式三文治、牛油餐包、奄列、香腸、多士、西多、菠蘿油、通粉、公仔麪等嘅嘢食。

有部分冰室更加自設麪包工場，出品新鮮菠蘿包、蛋撻等本地嘅特色餅食。後來冰室賣嘅嘢食種類逐漸增加，就演變成為依家嘅茶餐廳模式。

蛋撻 daan6 taat1 (Egg Tart)

香港喺一九四〇年代開始有高級西餐廳供應蛋撻，但因當年牛油對普羅大眾嚟講係屬於奢侈品，後來因為食材供應漸增先至開始喺華人社會漸漸普及。到一九五〇年代蛋撻喺本地嘅西式餐廳冰室有得賣，最初嘅蛋撻分量都比較大，一個蛋撻就可以成為一份下午茶餐。到咗九〇年代兼營包餅嘅茶餐廳逐漸減少，只有舊式茶餐廳先有自己工場做蛋撻，而大部分茶餐廳都係由麵包工場訂蛋撻嘅。

香港蛋撻馳名中外，連香港最後一任總督彭定康都落到社區走入餅店品嚐，外國遊客嚟到香港都會品嚐香港嘅蛋撻。蛋撻隨住香港政府確認，喺二〇一四年六月列入香港非物質文化遺產清單第5.33項。

菠蘿油 bo1 lo4 jau2 (Pineapple Bun with Butter)

香港一種本地特色食品，將菠蘿包橫向切開，再加入一塊厚切嘅牛油夾住組成，香港好多人鍾意配埋奶茶做下午茶餐或者做早餐嚟食。一啲茶餐廳重誇張到將件牛油用冰鎮一齊送上枱，等客人自己將牛油夾到菠蘿包裡面。

刨冰 paau4 bing1 (Shaved Ice)

舊時嘅冰室多數係用人手刨出嘅冰花嚟做凍飲。後來因成本關係而改用咗製冰機整出來嘅冰粒或者碎冰嚟代替。懷舊冰室嘅刨冰四大天皇，就包括黑牛、涼粉冰、菠蘿冰、紅豆冰！

黑牛 hak1 ngau4 (Coke & Chocolate Ice-cream Drink)

起源於香港同澳門冰室嘅特色嘢飲。做法係喺一杯加咗刨冰嘅可樂上，再加上一球或兩球嘅朱古力雪糕。

涼粉冰　**loeng4 fan2 bing1**　(Grass Jelly & Ice Drink)

起源於香港街邊檔嘅特色嘢飲，後來又喺冰室入面出現。做法係將涼粉切粒加刨冰放入杯，之後再加水、糖漿同埋淡奶。

菠蘿冰　**bo1 lo4 bing1**　(Pineapple & Ice Drink)

同樣係起源於香港街邊檔嘅特色嘢飲，後來又喺冰室入面出現。做法係將菠蘿（新鮮或罐頭）加刨冰放入杯，再加入水、糖漿。

紅豆冰　**hung4 dau2 bing1**　(Red Bean & Ice Drink)

起源於香港冰室嘅特色嘢飲，概念嚟自於中式甜品「紅豆沙」。做法係先將已經煮腍嘅紅豆糖水放入杯，然後再加入刨冰同埋淡奶。紅豆冰有時又會加上一球雪糕，稱為雪糕紅豆冰，而唔係叫紅牛。

茶餐廳　caa4 caan1 teng1　(Cha Chaan Teng; Hong Kong-style Cafe)

係香港起源嘅一種快餐食肆，又被稱為大眾食堂，係將嚟自五湖四海嘅地道食物雲集一堂，其實就係將唔同專項嘅大牌堆入一間舖頭裡面。當然，唔同嘅茶餐廳都有佢哋唔同嘅強項嘅，不過佢哋都有個相同嘅項目，就係平、靚、快！

香港茶餐廳裡頭，糅合咗特色西餐同埋部分廣東食品，係香港平民化嘅舖頭。西式嘅嘢食有奶茶、咖啡、紅豆冰、西多士、羅宋湯、鐵板牛扒等；中式嘅又有炒粉飯麵、廣東小炒、各式小菜、例湯、生滾粥、燒味飯、煲仔飯、餐蛋麵、乾炒牛河、羊腩煲等數都數唔晒，由早餐開始做到宵夜冇時停！

乾炒牛河　gon1 caau2 ngau4 ho2　(Beef Chow Fun; Dry-fried Beef Hor Fun)

或者叫牛肉炒河粉，係粵菜唔少得嘅一道菜式，又係香港飲食文化嘅一部分，用芽菜、洋蔥、青蔥、河粉、牛肉、甜豉油等炒成。喺香港以至海外嘅港式酒家、茶餐廳，乾炒牛河幾乎成為必備嘅菜式。

黯然銷魂飯　am2 jin4 siu1 wan4 faan6　(Sad Ecstasy Rice)

即係叉燒飯（Barbecued Pork and Rice）上面加隻荷包蛋、洋蔥同兩條油菜。如果冇加洋蔥同青菜嘅話，就只係叫叉蛋飯，級數就差好遠㗎。

呢款黯然銷魂飯，原本係史提芬周（周星馳）同唐牛（谷德超）喺電影《食神》（God of Cookery）入面為競逐食神最終大賽而製作嘅老作（虛擬）菜餚，但後來成為茶餐廳、酒樓、飯店嘅現實飯餐。

而「黯然銷魂飯嘅創作」，係嚟自於金庸武俠小說《神鵰俠侶》入面嘅一套絕頂武功「黯然銷魂掌」。呢招功夫係小說男主角楊過「神鵰大俠」、「西狂」嘅獨創武功。

南北朝江淹〈別賦〉：「黯然銷魂者，別而已矣！況秦吳兮絕國，復燕宋兮千里。或春苔兮始生，乍秋風兮蹔起。」

避風塘風味 bei6 fung1 tong4 fung1 mei6 (Typhoon Shelter Flavor)

香港避風塘嘅特式飲食風味，喺《蘇絲黃的世界》電影已經名揚世界。避風塘原本係為船隻（例如漁船、蛋船、遊艇）暫避颱風嘅地方，喺六〇、七〇年代銅鑼灣避風塘裡頭有唔少提供飲食同娛樂嘅艇戶，菜式通常係以蒸魚同炒海鮮為主，例如炒瀨尿蝦、炒辣蟹、炒花螺等，即係之後喺九〇年代灣仔一帶食肆推出嘅特色避風塘美食椒鹽瀨尿蝦、避風塘炒蟹、辣酒煮花螺。

避風塘炒蟹 bei6 fung1 tong4 caau2 haai5 (Stir-fried Crab in Typhoon Shelter)

又叫避風塘辣蟹，係香港一道海鮮菜式。主要材料係由漁船捉嚟嘅蟹，用蒜頭、蔥段、豆豉、辣椒、香茅等撈埋一齊爆炒而成，而唔同嘅艇家會有各自嘅製作秘訣嘅。後來由於香港漁業式微，所以有好多食材都由大陸同東南亞入口，一啲喺灣仔嘅餐館同大牌檔就乘勢推出帶有戰後避風塘特色嘅小菜，包括辛辣味濃嘅避風塘炒蟹。

糖水舖　tong4 seoi2 pou2　（Tong Sui Shop; Sugar Water Shop）

又叫甜品店（Dessert Shop），係指有糖水、甜品賣嘅舖頭。港式糖水甜品選擇非常之多，傳統嘅糖水包括紅豆沙、綠豆沙、芝麻糊、杏仁糊、燉奶、西米露、合桃露、涼粉等；而西式嘅甜品就有芒果布甸、芝士蛋糕等；重有中西合璧嘅西米布甸、楊枝甘露、西米撈等。

舊時食糖水通常都係飯餐後用嚟做飯後甜品，或者係用嚟做宵夜食嘅。喺九二年香港上映電影《胭脂扣》裡頭，就有一幕有人要食糖水做宵夜，於是有兩個二世祖燒銀紙煲紅豆沙嚟鬥邊個銀紙多嘅故事。

涼茶舖　loeng4 caa4 pou3　(Herbal Tea Shop)

又叫涼茶店，係香港六〇至七〇年代流行飲涼茶嘅舖頭，當時重係聽歌、集體睇電視、約會、社交識女仔嘅地方。賣碗涼茶就可以喺度磨番幾個鐘！

香港天氣炎熱兼潮濕，為咗解暑消毒同清熱氣，好多人都會揀去飲涼茶。涼茶有好多唔同嘅種類，而每間涼茶舖都有佢哋自己唔同嘅配方。

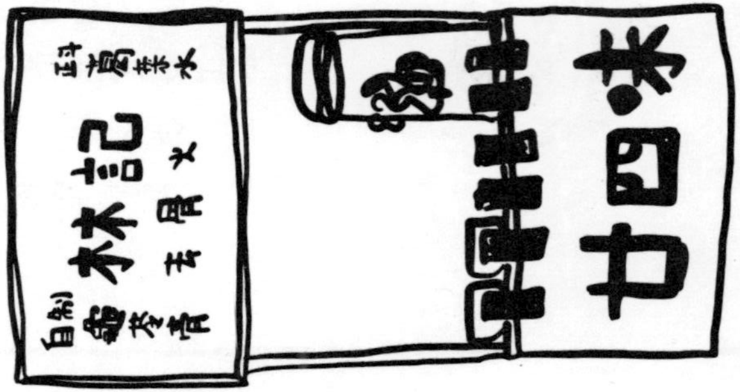

涼茶 **loeng4 caa4** (Herbal Tea)

又叫涼水、青草茶，係廣東、香港、澳門等地區一類有藥用功效嘅傳統草本茶。例如廿四味、五花茶、雞骨草、火麻仁、菊花茶、酸梅湯、竹蔗茅根水、銀菊露、感冒茶等。有啲舖頭又會賣埋湯水、糖水、豆腐花、茶葉蛋、龜苓膏等。

私房菜 **si1 fong4 coi3** (Closed Door Restaurant)

又叫家宅料理，係喺住宅入面小本經營嘅食店，喺九〇年代尾興起。基本上做私房菜嘅都唔會有任何宣傳，而係靠口碑（靠食客口耳相傳）。通常去幫襯私房菜之前都要預先訂位，而一般容納嘅人數都唔超過十個人。

聽講私房菜嘅歷史可以追到清末時期嘅廣東譚家菜，譚家祖輩係做官嘅，因為家道中落譚家由妻妾做拿手嘅家常菜幫補家計。佢哋屋企設宴每晚只做三席，重要提前三日預訂。其中預訂嘅原因之一，係為咗喺設宴前需要處理同醃製食物。

西式飲食

SAI1 SIK1 JAM2 SIK6

HONG KONG
WESTERN DIET

歐洲飲食，又叫歐式料理、西式料理等，係西歐國家共同享有嘅料理方法、食用器具、用餐禮儀同埋菜餚嘅總稱，屬於西餐嘅一種。由於意大利同法國喺歐美嘅煮食科技比較影響力，所以西餐係以意大利菜同法國菜為代表菜餚。而喺東亞人眼中正式嘅西餐，基本係屬於呢兩類。到二十世紀後，西餐出現咗各種簡單方便嘅變種，例如美式快餐、墨西哥辣菜、巴西燒烤等嘅嘢食。

西餐廳　sai1 caan1 teng1　（Western Restaurant）

香港傳統嘅西餐廳，依然係以服務居港嘅英國人同上流社會為主，喺二十世紀初嘅香港市面上已經有開設招待高等華人嘅西餐廳。而香港嘅一般普羅大眾，佢哋普遍都負擔唔起傳統西餐廳嘅高消費，於是本地餐廳就以煮食方法製作出有本土特色嘅「港式西餐」，而且價錢亦較大眾化，可以滿足大眾對享用西餐嘅需求。

卡邦尼意粉　kaa1 bong1 nei4 ji3 fan2　（Pasta alla Carbonara）

係一種起源於二十世紀意大利羅馬嘅一種麪食料理，據聞主要係由義大利中部拉素（Lazio）地區嘅煙肉蛋汁麪（Spaghetti alla Carbonara）而來。通常原料包括雞蛋、芝士、醃製或熏製過嘅豬肉、黑胡椒，當然重有意粉啦。

喺香港整嘅卡邦尼意粉，佢嘅煮法有好多種，每間餐廳每個廚房佬嘅手勢都各有唔同，有加入比較滑溜嘅忌廉白汁，又有Creamy全靠雞蛋同芝士嘅傳統Carbonara。

豉油西餐 si6 jau4 sai1 caan1 （Soy Sauce Western Cuisine）

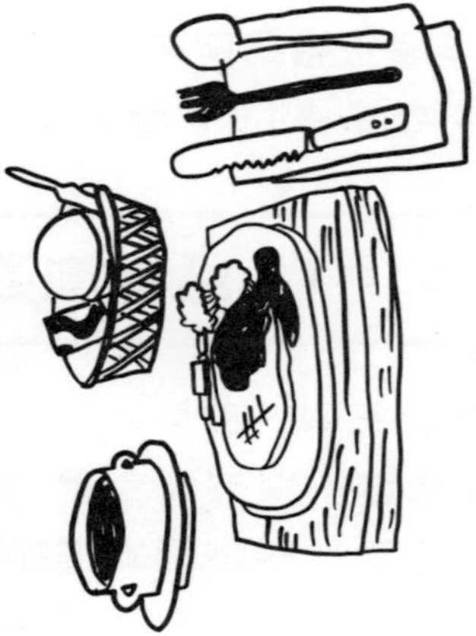

其實即係指港式西餐（Hong Kong Style Western Cuisine），係以前一種好有香港特色嘅西餐料理、食譜、烹調方法。起源自香港殖民地年代，用粵菜材料配西式煮法混合而成嘅菜式，所煮嘅餐都係跟足傳統西餐咁去做嘅，而唔同嘅係喺煮嘅過程入面經常會用到豉油整嘅醬汁嚟調味。呢種港式西餐亦比較迎合香港人嘅口味，同埋喺香港好多西餐廳都有得食嘅。重有嘅係喺好多茶餐廳同部分港式快餐店都會見到㗎。

豉油西餐有咩食？入到餐廳坐低之後，就拎起個餐牌睇下，睇落好似好多嘢揀噃，成分鐘之後就叫侍應過嚟落單，都係叫咗個套餐，跟住就等食喇。

前菜　cin4 coi3　(Appetizer)

會有餐湯同麵包，通常都係方包或者餐包跟牛油，有啲餐廳會跟果沾或者蜜糖嘅；餐湯一般係羅宋湯（紅湯）或者忌廉湯（白湯），又或者係加多個中式湯（中湯）三種任揀一種，中湯通常係紅蘿蔔豬肉湯、木瓜雞腳湯或者魷魚蓮藕湯之類。如果個餐有頭盤（Starter）嘅話，通常都係少啲多嘅沙律。

主菜　zyu2 coi3　(Main Course)

通常都係以肉類為主，好似牛扒或者豬扒或者雞肉、魚肉之類，有啲餐廳又會出埋瑞士雞翼同燒乳鴿等港式西餐獨有嘅嘢食。主菜一般係配飯、意粉或者薯菜。主菜一定會用豉油汁嚟做調味嘅，又或者用罐頭濃湯做成嘅港式白汁嚟代替正宗嘅白汁。而有啲菜式都會畀客人揀醬汁嘅，通常都係白汁、洋蔥汁或者黑椒汁之類三揀一。（豉油汁基本係用麵粉＋水＋豉油做汁底，再配唔同嘅香料就煮出唔同風味嘅醬汁。）

餐飲 **caan1 jam2** (Drinks)

又或者叫餐茶，通常都係咖啡、奶茶、鴛鴦、檸茶或者檸水等等，一般都係唔會有甜品（Dessert）。如果有嘅話，通常都係啲啫喱、杯裝雪糕咁啦。有啲餐廳又可以額外畀錢，另外揀啲好似紅豆冰、菠蘿冰同檸樂等嘅特飲。

瑞士雞翼 **seoi6 si6 gai1 jik6** (Swiss Wings)

係香港一種用「甜滷水」做嘅菜式，最初香港太平館出菜時個名係叫「甜味雞翼」(Sweet Wings)，因為讀音嘅誤會而變咗個名。不過當時好多香港人都比較接受「瑞士雞翼」呢個名，因為呢個名比起叫甜味雞翼或者甜滷水雞翼聽落都好似高級一啲啦！

據聞喺二〇一九年八月，瑞士駐香港總領事館喺網上出鋪表示「瑞士雞翼」並唔係瑞士本地嘅食品，食材亦同瑞士扯唔上任何特殊關係。聲明指瑞士雞翼係香港人自創嘅食品，聲名裡面亦表示樂意向瑞士國民介紹呢款香港特色食品。

鐵板牛 tit3 baan2 ngau4 (Iron Plate Bull)

即係港式鐵板餐（Hong Kong Style Sizzler），指將食物放喺一個經過加熱嘅鐵盤上面出餐上枱嘅，呢個做法大約一九五〇年代後期，係美心餐廳由外國餐廳引入香港嘅。因為呢種上菜方式喺香港好受歡迎，令到其他西餐廳同茶餐廳都仿傚出餐，到一九七〇年代更加風行香港，成為港式西餐嘅特色之一，就連港式快餐店亦都加入供應呢種餐。時至今日，鐵板餐仍然係港式西餐廳同港式快餐店，喺晚市時段餐牌上嘅必備主菜。

鐵板餐 tit3 baan2 caan1 (Sizzling Meal)

通常係以肉類為主，例如牛扒、豬扒、雞扒、鱈魚扒、燒春雞、豬仔骨、牛仔骨等，又有綜合唔同肉類配上香腸或海鮮嘅雜扒餐。鐵板餐亦有主食用上炒麵、炒烏冬、炒牛河等，又係另一種風味。餐廳通常會喺鐵板餐上枱之後先至喺客人面前淋上醬汁（例如燒汁、黑椒汁、洋蔥汁、蒜茸汁等），鐵板嘅高溫令醬汁沸騰炸響，好有視覺效果同令客人覺得更加好味。

快餐廳 **faai3 caan1 teng1** （Fast-food Restaurant）

喺六〇年代出現嘅一種專賣快餐嘅餐廳，即叫即刻有得食，即係整嘢食講求快，特色係價錢平，菜單款式又要多選擇同多組合。快餐廳通常係冇企堂同侍應，可以自己搵位坐，要食就先去櫃位買飛，自己去廚房窗口攞嘢返埋位堂食，或者打包外賣自己拎走。

港式快餐 **gong2 sik1 faai3 caan1** （Hong Kong Style Fast Food）

源於香港嘅快餐文化，大約喺六〇年代後期出現，港式快餐嘅興起同普及，係同香港嘅經濟快速發展有關。港式快餐店同美式快餐店喺運作上有唔少嘅分別，而食物同飲品嘅類型就有啲似茶餐廳。香港嘅大家樂、大快活、美心MX，都係港式快餐嘅代表。

下午茶 **haa6 ng5 caa4** （Afternoon Tea）

舊時嘅建築同三行工人又叫做「三點三」，即係指下晝三點十五分嘅下午茶時間，當時只係習慣上嘅一段休息時間。而依家嘅飲食行業就將下晝兩點半至五點半定做「下午茶時間」。

香港喺殖民地時期，由於吸收咗英國嘅飲食文化，其中嘅「英式下午茶」亦逐漸本地化，成為茶餐廳主要生意嘅一部分。而當中最出名嘅特色飲品就係絲襪奶茶同鴛鴦，兩個好迷人嘅中西文化融合。另外，喺餅店同茶餐廳可以搵到嘅蛋撻同菠蘿油，亦係中西文化混合而成嘅香港特色食品。

酒吧 **zau2 baa1** (Bar, Pub, Tavern)

香港喺好早以前已經有酒吧出現，初期集中喺多外國人出入嘅中環至灣仔一帶，後來又發展到去九龍嘅尖沙咀至旺角地區。喺港島區通常係英式同愛爾蘭式嘅酒吧比較多，英式酒吧通常座位比較少，愛爾蘭式酒吧會賣埋愛爾蘭咖啡，美式酒吧就比較有現代感。呢啲酒吧通常係賣啤酒、洋酒、葡萄酒、雞尾酒等酒類飲品，除咗賣酒之外，亦都有賣冇酒精飲品同埋小食。

粵式飲食

JYUT6 SIK1 JAM2 SIK6

HONG KONG

CANTONESE DIET

粵菜（Cantonese Cuisine），又叫廣府菜，亦被稱為中國八大菜系（魯、川、粵、蘇、閩、浙、湘、徽）之一，係廣東中部珠三角地區廣府民系嘅代表性菜餚。不過同係廣東菜式嘅客家菜同潮州菜就唔被歸納喺粵菜之中。

明末清初學者屈大均喺《廣東新語》入面記載：「天下所有食貨，粵地幾盡有之，粵地所有之食貨，天下未必盡也。」反映出廣東人嘅烹調食材涵蓋範圍非常廣泛。

粵式飲茶 jyut6 sik1 jam2 caa4 （Cantonese-style Tea Drinking）

廣東人飲茶，又叫做品茗，係一種源自廣州嘅粵式飲食文化，而後來廣東人由香港傳到世界各地。廣東話飲茶（Yum Cha）主要係包括飲茶同食點心，有句係形容飲茶為「一盅兩件」，即係「一盅茶＋兩件點心」，而喺某啲語境之下又表示為「最低消費」嘅意思。

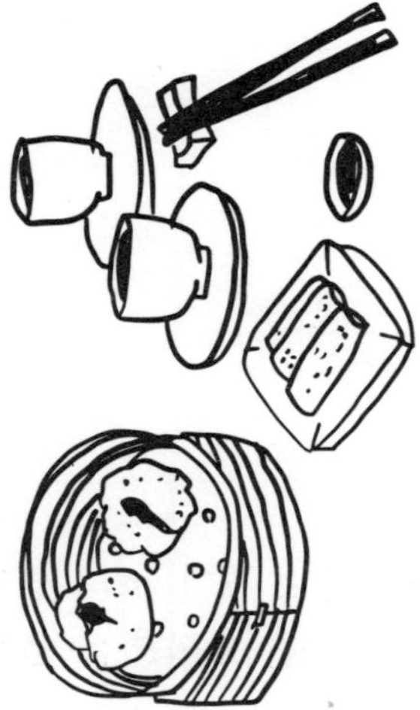

香港人飲茶一開始係叫做「上茶樓」或者「上酒樓」，後來就改咗叫「去飲茶」，慢慢「飲茶」就變成咗上茶樓飲茶食點心嘅代名詞。喺外國講嘅飲茶，差唔多係食點心嘅同義詞，飲茶食點心嘅茶樓喺歐美畀人叫做點心屋（Dim Sum House）。澳洲同紐西蘭重索性將飲茶嘅地方一樣叫做飲茶，而平日傾偈亦會講：我哋去飲茶囉！（Let's go to Yum Cha!）

茶葉 caa4 jip6 (Tea)

平時所飲嘅茶，基本上可以分「基本茶」同「再加工茶」兩個類型。「基本茶類」係根據製茶方法同茶多酚氧化程度嘅唔同分為綠茶、白茶、黃茶、青茶、黑茶、紅茶六類。而「再加工茶類」就係用基本茶類再加工製成，以再加工嘅方法分為花味茶、香料茶、萃取茶、緊壓茶、果味茶、含茶飲品等類別。

而喺茶樓飲嘅茶就屬於基本茶，通常提供嘅茶葉多數以鐵觀音、普洱、壽眉、香片（茉莉）、花茶、菊花茶為主，而有少部分茶客會自己帶啲特別嘅茶葉。

點心 dim2 sam1 (Dim Sum; Dessert)

廣東人飲茶時食嘅點心種類非常之多，大致分為鹹點同甜點兩類。大部分點心都係熱食嘅，多數會用竹製嘅蒸籠蒸熱，亦有小部分係冷盤點心。有啲茶樓會將做點心嘅地方同廚房分開，用點心車推出嚟賣，加個粥粉麪檔、煎炒炸檔，或者設定個固定點心區等等。

廣東人每次飲茶通常都會點嘅點心有蝦餃、乾蒸燒賣、排骨、鳳爪、糯米雞、潮州粉粿、馬蹄糕、皮蛋酥、腸粉、雞扎、鴨腳扎、春卷、山竹牛肉、叉燒包、蘿蔔糕、皮蛋瘦肉粥等。

茶樓酒樓 caa4 lau4 zau2 lau4 (Teahouse, Restaurant; Cantonese Restaurant)

香港開埠初期茶樓同酒樓原本係分為兩個行業，先有茶樓後有酒樓各有分工。茶樓係做早市至午市好似餐廳咁，主要係畀大眾市民去填飽個肚；而酒樓就做晚市同飲宴，又同妓院關係密切，唔少酒樓都開喺妓院附近，主要係招呼嗰啲富貴人家同啲二世祖（富二代）飛箋召妓陪酒嘅地方。後來香港政府推行禁娼，酒樓少咗班大富貴幫襯，就要兼做埋茶市同飯市嚟維生，跟住之後茶樓同酒樓再無分別。

宋代戴復古〈臨江小泊〉詩：「艤舟楊柳下，一笑上茶樓。」也稱「茶館」、「茶肆」。

揚州炒飯 joeng4 zau1 caau2 faan6 (Yeung Chow Fried Rice)

係一款地道嘅粵式炒米飯，雖然以華東地區嘅揚州為名，但係起源並唔係喺揚州，而係起源於清朝光緒年間嘅廣州。據聞當時廣州有一間叫聚春園嘅淮揚菜館，佢哋用蝦仁、叉燒、海參等材料製作出一道名為「揚州鍋巴」嘅食品，之後有酒樓將「鍋巴」改成炒飯，就名為揚州炒飯。呢款炒飯後來傳到香港而發揚光大，再由華人移民將呢道粵式炒飯帶到去世界各地。

星洲炒米 sing1 zau1 caau2 mai5 (Singapore-style Noodles)

係一種炒米粉，喺世界各地有華人嘅茶樓同茶餐廳都可以食到。雖然個名叫星洲，即新加坡（舊時又叫「星加坡」），但呢個炒米粉其實係起源於香港嘅，隨住香港移民而傳至海外各地嘅唐人街，只要係香港人開嘅酒樓同茶餐廳，幾乎都可以食到呢道菜。

星洲炒米分別有香港嘅（加咖喱粉）同馬來西亞嘅（加番茄辣椒醬）兩種唔同嘅做法。香港嘅港式星洲炒米通常會加入咖喱粉或咖喱醬，令炒米粉變成金黃色同有香辣嘅味道。而馬來西亞嘅馬來星洲炒米會加入番茄醬同辣椒醬嚟調味，製成嘅炒米粉變成淡紅色，味道帶酸、辣、甜，做法類似香港嘅港式廈門炒米。

打甂爐

daa2 pin1 lou4 (Hot Pot)

有寫做打邊爐，舖頭就通常寫火鍋，係香港粵式飲食嘅一種煮食方法。打甂爐先要準備一隻煲，用嚟煲滾啲水或者湯底，又根據各人嘅喜好預先切好啲肉、菜、海鮮或者現成嘅肉丸等等；食嘅時候就將自己鍾意嘅嘢食放落個煲入面焓熟，喺啲嘢食熟咗之後，挾起來再點啲調味醬就食得。

傳說打甂爐起源於商代同周代時期，當時期有一種鼎，喺做祭祀同慶典時就要鳴鐘列鼎，將牛肉、羊肉、雞肉等食材都放入個鼎裡面，而喺鼎嘅腳底就起火將啲食物煮熟，然後再分畀同嚟做祭祀嘅人食，相信呢個可能係打甂爐嘅雛形。

野味 je5 mei6 (Wild Taste)

香港曾經都有食野味嘅風俗，有人迷信野味係「補品」，有強身甚至壯陽嘅功效，亦有人將食野味視作獵奇同炫富嘅表現。蛇羹、野豬、果子狸、穿山甲、禾花雀、梅花鹿、娃娃魚都係經常聽到有人講嘅野味。

明朝凌濛初《初刻拍案驚奇》卷三：「一路收拾些雉兔野味，到店肆中宿歇，便安排下酒。」

本地飲食

BUN2 DEI6 JAM2 SIK6

—— Hong Kong Local Diet ——

香港家庭多數以中餐為家庭菜。廣府菜、客家菜、潮州菜等都被視為本地菜式。廣義嚟講，香港嘅粵菜烹調，就分廣府、客家、潮汕等三種風格。廣府菜注重清淡、保持原味；客家菜油水多、口味偏重；潮州菜就以河鮮同海鮮居多。

本地，語出《論語》子罕〈子絕四〉南朝梁皇侃義疏：「今為其跡涉茲地，為物所嫌，恐心實如此，故正明絕此四，以見本地也。」

明代羅貫中《三國演義》第四回：「唐妃困於永安宮中，衣服飲食，漸漸欠缺。」

廣府菜 gwong2 fu2 coi3 (Cantonese Cuisine)

又叫粵菜、省城菜，係珠三角地方廣府民系嘅代表性菜餚，特色係著重食物原本嘅味道，香料用量比較少，亦少有辣味嘅菜式，不過使用香料嘅種類就好廣泛。廣府菜通常都會用上薑、蔥、糖、鹽、醬油、米酒、油、滷水等。烹調內臟時會加多啲大蒜同薑呢類香料，間中又會用到五香粉同白胡椒粉。為咗保留食材嘅原味，一般做得比較清淡，所以鍾意用清蒸嘅方式嚟烹調。

著名廣府菜：乾炒牛河、酸甜排骨、鐵板牛肉、老火湯、糖水、燕窩、燒味、臘味、點心、咕嚕肉、生滾粥、拉腸、雲吞麵、鼎湖上素……

潮州菜 **ciu4 zau1 coi3** (Teochew Cuisine; Chiuchow Cuisine)

簡稱潮菜，嚴格嚟講潮州菜係一種獨立嘅菜系，唔屬於粵菜嘅分支，同粵菜烹調方式、用料嘅分別好大，起源於廣東潮汕地區。潮州菜嘅特點係比較鍾意用滷水、善於煮海鮮、重湯輕油、注重養生等。

著名潮州菜：滷豬頭肉、燒白皮乳豬、鹹菜炆豬肉、魚飯、八寶素菜、鴛鴦膏蟹、清燉白鱔、紅燜鮑魚、紅燜海參、甜芙蓉官燕、油泡魷魚、紅燉魚翅、滷水鵝、潮州凍蟹、炒鮮薄殼、春菜五花肉煲、炒麵線……

打冷 **daa2 laan1** (Daa Laang)

又叫潮州打冷，係指去潮州大牌檔食飯或者食宵夜，即係食潮州宵夜嘅意思。呢啲打冷檔喺香港嘅五〇至六〇年代出現，打冷嘅嘢食通常係冷盤（凍食），而當時啲食客好多時都會喺檔口前面巡下「打個冷」，睇下有咩好食嘅嘢。

潮州打冷食嘅嘢都有唔少，包括大眼雞魚、凍烏頭、炸蝦、凍蟹、筍蝦、菜脯、花生、蜆仔肉、煎蠔餅、紅腸、鵝腸、生腸、韭菜豬紅、大豆芽豆卜、豬頭肉、滷水鵝、滷水墨魚、滷水掌翼、滷水豆腐、滷水蛋、滷水大腸、滷水鳳爪、鹹菜門鱔魚、鹹牙帶魚、白灼東風螺、白粥、蚝仔粥、方魚肉碎粥等等。

盆菜 pun4 coi3 (Teochew Cuisine; Chiuchow Cuisine)

香港新界圍村（圍頭村、客家村）裡頭原居民嘅傳統食物，已經有成幾百年歷史。每逢遇到村內嘅大時大節同喜慶日子，新界鄉村都會舉行盆菜宴。

傳統盆菜係用木盆嚟裝載食物嘅，而食材方面就冇特別規定，可以因應當時嘅經濟環境嚟選擇食材。但一般都會包括芋頭、大白菜、冬粉、包菜花、西蘭花、蘿蔔、枝竹、魷魚、豬皮、冬菇、雞、鯪魚球、炆豬肉等；而依家有唔少盆菜會落埋鮑魚、花膠、大蝦、髮菜、海參、蠔豉、鱔乾等貴價嘢。

街頭小食

GAAI1 TAU4 SIU2 SIK6

HONG KONG

STREET FOOD

由十九世紀開始，香港已經有路邊攤檔賣嘢食，基本上都係一班為咗搵食同照顧社會草根階層嘅飲食需要而出現嘅，至於街邊嘢食嘅流動攤檔，就喺五〇至六〇年代初發展得最蓬勃。佢哋賣嘅嘢食種類多而且價錢平，因為咁而受到歡迎，但後來因為衞生問題而畀政府逐步驅趕。之後呢啲路邊攤檔就開始搬入舖頭繼續做生意，雖然唔使再用擔挑同推車仔開檔，但係賣嘅嘢食仍然同以前喺街邊賣嘅嘢食一樣。

街邊嘢食　gaai1 bin1 je5 sik6　(Street Food)

喺街邊賣嘅嘢食品種有好多，例如雞蛋仔、格仔餅、臭豆腐、砵仔糕、碗仔翅、生菜魚肉、魚蛋、燒賣、牛雜、串燒、煎釀三寶、炸魷魚鬚、煨番薯、炒栗子等等，大多數係用紙杯紙袋或者發泡膠盒裝，再畀埋竹籤或者膠叉膠匙羹，喺街邊檔或者鋪頭門口即買即食，又或者係一路行一路食。

車仔麵　ce1 zai2 min6　(Cart Noodles)

又叫嗱喳麪，大約喺五〇年代出現，而販麪嘅車仔檔係由木頭車改造而成嘅。由於食車仔麪可以揀麪條（幼麪、粗麪、油麪、米粉、河粉、米綫、伊麪、烏冬、即食麪）、配料（魚蛋、豬皮、蘿蔔、紅腸、豬腸、豬紅、牛肚、牛柏葉、牛雜、魷魚）、湯汁（清湯、腩汁、咖喱、沙嗲），而且價錢實惠，所以受到大眾歡迎。

碗仔翅　wun2 zai2 ci3　(Shark Fin Soup)

本身係無魚翅嘅成分，初時用咗啲粉絲當係魚翅，有人冬菇絲雞肉絲豬皮等，湯底只係由清水、醬油、味精、澱粉組成。但睇落個樣就同上湯魚翅好相似，又用個細碗裝住，因為咁而叫做碗仔翅。

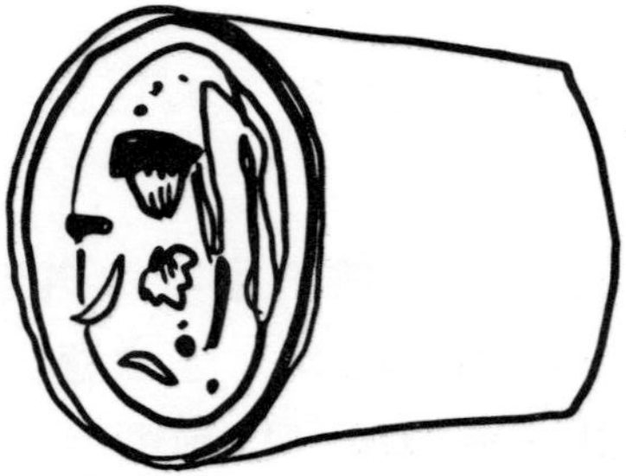

外來飲食文化

NGOI6 LOI4 JAM2 SIK6 MAN4 FAA3

—— FOREIGN FOOD CULTURE ——

香港被稱為「國際美食都會」，匯聚咗各地各國菜式，主要集中地包括中環蘇豪區、蘭桂坊、灣仔、銅鑼灣、跑馬地，九龍就喺油尖旺、九龍城（以東南亞菜色為主）等。而成日見嘅外國菜（西洋菜）同外地菜就有：

- 中式料理：上海菜、寧波菜、閩南菜、四川菜、北京菜、臺灣菜、東北菜
- 亞洲料理：日本菜、韓國菜、印度菜、尼泊爾菜
- 南洋料理：越南菜、泰國菜、印尼菜、菲律賓菜、馬來西亞菜、新加坡菜
- 歐洲料理：法國菜、英國菜、瑞士菜、德國菜、意大利菜、俄羅斯菜
- 美洲料理：美國菜、巴西燒烤、阿根廷菜
- 中東料理：中東菜
- 非洲料理：南非菜

澳門菜　ou3 mun2 coi3　（Macanese Cuisine）

澳門當地嘅本土特色菜，多數起源於澳葡時代，有葡撻（葡式蛋撻）、葡國雞、馬介休球等，呢啲菜式好多都唔係由葡國（葡萄牙）引入，而係結合中式同葡式嘅飲食文化而製成嘅澳門特色菜式。

葡國雞　pou4 gwok3 gai1　（Portuguese Chicken）

係澳門嘅特色菜之一。雖然個名叫葡國雞，但係呢道菜唔係由葡萄牙傳過嚟嘅，而係澳門人原創嘅地道菜式。調製葡國雞嘅調味汁叫做葡汁（Portuguese Sauce），除咗整葡國雞飯之外，又可以用嚟烹調蔬菜，例如葡汁燴四蔬。由於香港同澳門都好近，用上澳門葡汁嘅菜式好早已經出現。

外江菜　ngoi6 gong1 coi3　（Non-local Cuisine）

由內地各省移居香港嘅移民，當中有為數唔少嘅上海人、寧波人，佢哋帶到香港嘅上海菜、寧波菜、徽菜等都被統稱為「外江菜」。外江菜式亦逐漸受香港人歡迎，例如菜飯、豆漿、上海粗炒、大閘蟹、賽螃蟹、螞蟻上樹、高力豆沙等。

潮流飲食

CIU4 LAU4 JAM2 SIK6

—— TRENDY DIET ——

又叫潮食，但唔係指潮州人嘅飲食，係指由外地傳入香港嘅飲食曾經亦成為當其時嘅一個飲食潮流，例如漢堡包、炸雞、炸薯條、迴轉壽司、即磨咖啡、珍珠奶茶、沙冰、葡撻、日式薄餅、日式章魚燒、芝士蛋糕等。

漢堡包　hon3 bou2 baau1　(Hamburger)

係一種源自德國漢堡嘅美式快餐食品，用圓形麵包夾住件肉餅嘅三文治，又會加上一啲生菜、番茄、酸瓜同芝士嚟做配料。英文Hamburger嘅意思係指「嚟自漢堡城嘅包」，又可以單指漢堡扒。

珍珠奶茶　zan1 zyu1 naai5 caa4　(Bubble Tea)

又叫粉圓奶茶（Tapioca Ball Tea）、波霸奶茶（Boba Milk Tea），係一種由臺灣傳入香港嘅茶類嘢飲，係將粉圓（Tapioca Ball）加入香醇嘅奶茶度，用粗飲管嚟飲奶茶同食粉圓（珍珠）。

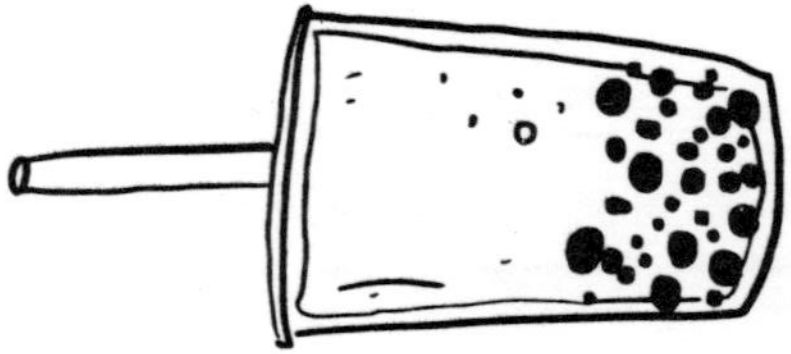

葡撻 pou4 taat1 （Pastel de Nata）

又叫葡式蛋撻，係一種細細個嘅奶油酥皮餡餅點心，表面有些少焦黑係佢嘅特徵。葡式蛋撻喺葡萄牙語圈國家或者係有葡萄牙移民嘅地區都可以搵到。香港整嘅葡撻係由澳門傳過嚟嘅，而葡撻嘅葡語名Pastel de Nata，意思就係「牛油糕點」。

章魚燒 zoeng1 jyu4 siu1 （たこやき takoyaki）

直譯就叫燒章魚，又叫八爪魚丸，係日本大阪嘅一種料理食品。做法係將調好嘅生麪粉漿倒落個模度，中間加入切碎嘅八爪魚腳燒熟，之後加埋醬汁同埋木魚絲就食得。大阪人係用牙籤拮嚟食，東京人係用筷子夾嚟食，臺灣人就用竹籤拯嚟食，香港人就會用叉仔叉住嚟食。而喺早期嘅章魚燒係用竹籤串起三個一串嚟燒，類似嘅又有墨魚燒。

竹輪 zuk1 leon4 （ちくわ chikuwa）

係日本嘅一種傳統食品，係用魚肉泥、麪粉、蛋白、調味料撈埋，將魚絞包住竹籤或者細木枝，用火燒或者蒸熟製成。香港人又會叫竹輪做獅子狗嘅，而卡通片《小靈精》嘅角色獅子狗就叫竹輪做魚蛋卷。

飲食文化與習慣

JAM2 SIK6 MAN4 FAA3 JYU5 ZAAP6 GWAAN3

— DIET CULTURE AND HABITS —

好多人嘅飲食習慣會隨著社會富裕而改變，食物嘅選擇多咗，又趨向少食只有菜、魚、白飯等呢類簡單嘅日常膳食。為咗應付繁忙嘅都市生活，唔少人一日三餐都係去快餐店或者酒樓度食，認為咁樣可以慳時間同方便。但係冇注意到呢種生活同飲食習慣，會影響到個人健康同一啲家庭關係。

住家飯 **zyu6 gaa1 faan6** （Home Meal; Live-in Meal）

又叫屋企飯、家常菜、家常便飯，係指喺屋企煮嘅飯餸，又可以用嚟形容家庭嘅味道、媽媽嘅味道。對廣東人嚟講，可以食到住家飯就講明有家庭嘅溫暖、親切，亦包含住自己對於屋企嘅眷戀同家人為自己做飯餸嘅一種感慨同期待。如果有人講佢「返屋企食飯」嘅話，就即係有住家飯食喇。

叫外賣 **giu3 ngoi6 maai6** （Order Takeout; Order Food delivery）

若果唔想出街食飯同人迫，或者天寒地凍走落街咁，依家都可以好方便點餐叫外賣，無論喺公司或屋企，只要有人嘅地方所點嘅飯餐都會有人送到。

外賣 **ngoi6 maai6** （Takeaway）

主要係餐廳食肆等飲食行業提供嘅配送餐食到指定地點嘅服務，比較常見嘅外賣食品有漢堡包餐、意式薄餅（Pizza）、快餐、飯盒、嘢飲等。

帶飯盒　**daai3 faan6 hap2**　(Bring Lunch Box)

舊時就叫帶飯。返工帶飯、返學都可以帶飯，通常會用有個玻璃膽嘅保溫壺。以前多數係想慳錢決定返工帶飯，因為出去食一餐消費都唔少；另外又係為咗健康著想，大家都知道出去食飯餐廳嘅味精都好重手，煎炸油鹽唔少得，唔想脂肪、鈉、糖超標就惟有自己帶飯盒。

飯盒　**faan6 hap2**　(Lunch Box)

又叫盒飯、盒餐、便當，係指用餐盒裝飯菜或麵食等各種食物，以方便攜帶嘅食品為主，大多數流行喺亞洲以米飯為主食嘅地區。

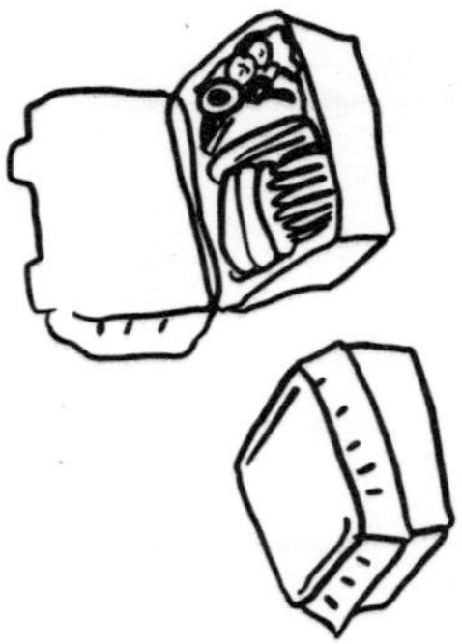

兩餸飯 **loeng5 sung3 faan6** (Rice with Two Sides)

鬼佬就叫佢做This This Rice，係指一份飯添兩份餸，好似叫碟頭飯嘅「雙拼」咁，畀人揀兩味餸。其實又唔一定係兩餸嘅，可以係三餸（三拼）、四餸（四寶）、五餸（五味）等等都得。香港一直以嚟都有賣兩餸飯，例如快餐店、食堂咁，亦唔止係香港先至有。

呢啲同呢啲 **ni1 di1 tung4 ni1 di1** (these and these)

又叫「Subway點餐」，或者This This This and This，因為Subway大部分員工都唔係太識廣東話，就算識公司都要求佢哋用英文招呼客人，如果對英文菜名唔係太熟悉嘅，為咗方便溝通同唔使太尷尬，好多時都會係睇圖點餐。例如喺點菜沙律時，會有好多嘢揀，分別係生菜Lettuce、番茄Tomato、青瓜Cucumber、酸瓜Pickles、青椒Green Pepper、橄欖Olive、洋葱Onion、墨西哥辣椒Jalapeno之類，又為咗方便同快趣落到單，客人都會用隻手指指下咁點餐，所以就會出現「This This This and This」嘅情況。

ABCD　ei1 bi1 si1 di1　（欸啤呀啲）

又叫茶餐廳點餐或者用英文落單，又可以用「1234」嚟代替嘅。而實際嘅情況，睇下以下嘅對話就會清楚。

早幾年老婆同個女去到北角做啲嘢，之後就喺附近一間茶餐廳度食lunch，睇完餐牌就叫個伙記過嚟落單。

伙記：兩位想要啲咩？

阿女：一個粟米肉粒飯呀～唔該！

伙記：er~你講英文得喋啦！

老婆：茶餐廳都upgrade咗用英文落單？好犀利！香港嘅餐飲業，真係前途無限囉！

阿女：Show me your love with rice, please...（有玩嘢成分）

伙記：er...（停咗兩秒）我話講英文，係指A/B/C/D咩餐呀！

來源：廚房佬雜記

LIVE

住

zyu6

zyu6

住

LIVE; BIDE; RESIDE

聽講人類最早嘅居住狀態大部分都係遊居形式，喺經過長時間嘅演化同適應，慢慢發展出定居嘅社會形態。而喺現今社會居住方式同房屋建造，一向係受到生活方式同地理環境影響，遊牧民族必需逐水草而居，所以唔可能建造永久房屋，篷幕式嘅包房方便拆遷就最適合，農耕民族會建造永久房屋形成村落。而地理環境同氣候就影響建築材料嘅選擇，係熱定係凍、係旱定係多雨、生活周圍都會創造出各種唔同嘅材料同建築形式。

香港住屋

HOENG1 GONG2 ZYU6 UK1

—— HONG KONG HOUSING ——

世界各地對於住屋嘅定義都有唔同，但都係提供人嘅起居為主。一般嚟講每間屋至少會有一個出入口，用門或通道嘅方式出現，可以有一個或幾個窗，亦可能一個窗都冇，為咗維護起居安全同埋私隱，住屋必須能夠阻絕侵入嘅人或動物，同埋抵擋風、雨、雪、酷熱、嚴寒等嘅氣候。

唐樓 tong4 lau2 (Tong Lau; Tenement Buildings)

係香港、澳門、廣東、廣西一帶，喺十九世紀中後期至二十世紀嘅六〇年代嘅建築，呢啲唐樓有好多都係混合咗中式同西式嘅風格。到依家都重喺度嘅唐樓，基本上都係唔計天臺最多有八層高，好多都係分為前座、後座，唔少對住街嘅都係有個騎樓或者露臺，而且樓底都係比新嘅洋樓建築高。

唐樓嘅結構係以棟樓四邊牆同埋靠陣嚟支撐，同之後出現嘅洋樓唔同。唐樓多數係商住混用，地下多數用嚟做鋪頭，樓上用嚟住人，多數都係冇𨋢（升降機）嘅，只係有樓梯連住各個樓層，有啲舊式唐樓更加係冇廁所嘅㖞。

唐樓呢個名係嚟自洋樓出現嘅年代，當時啲唐人以為香港嘅建築風格主要就係分呢兩種而起出嚟嘅。

騎樓 ke4 lau2 (Arcade Buildings)

香港人會叫騎樓上面唔係住人嘅地方做露臺，潮州人就叫佢做五腳砌，閩南話又叫做亭仔腳，係好有濃厚華南特色嘅建築設計，多數唐樓都有呢種格式。一樓近街部分會用嚟做行人走廊，走廊上頭就係二樓，好似「騎」喺一樓上面咁，所以就叫做騎樓。

騎樓地下通常用嚟做舖頭，二樓以上就用嚟住人。騎樓既可以防雨擋曬，又方便用嚟擺櫥窗同做生意。

騎樓係歐陸式建築同南洋（東南亞）地域特點相結合嘅一種建築形式。喺鴉片戰爭之後開始傳入香港、廣州、廣西，然後再傳入廈門，喺香港仍然存在呢種騎樓風格嘅，主要係一啲戰前嘅唐樓、較早期嘅公共屋邨同喺一九八〇年代之前起嘅私人屋苑見到。但係因為建築形式發展嘅關係，依家已經好少人會起騎樓囉。

閣樓 gok3 lau2 (Mezzanine Floor)

係建築物之中都幾有特色嘅樓層單位，佢可以係大廈頂層閣樓嘅特色居室，即係複式單位。有專用樓梯同軭（升降機），重有騎樓或露臺，就好似酒店嘅總統套房咁。

喺唐樓或者大廈嘅閣樓，都係指地下嗰層同二樓之間嘅一層，即係地下上二樓嘅中間嗰層。而喺獨立屋入面嘅閣樓，又有人叫閣仔，即係近屋頂內部嘅一層，又或者係斜屋頂裡頭最頂部嘅一層，建築面積通常只有室內嘅三分之一，多數用嚟做儲物室。

天棚 **tin1 paang2** （Rooftop）

又叫天臺，係建築物最頂嗰層一處多用途空間，例如晾衫、燒嘢食等。舊時已經有人喺天臺起天棚屋或天臺屋同天臺學校。

洋樓 **joeng4 lau2** （Western Style Building）

係指採用西洋式建築風格起嘅樓宇，通常都係樓層比較多嘅單棟式大廈，所以會有較（升降機），設施比較新又一定有私人抽水馬桶。

洋樓呢個稱呼，係因為舊時嘅人會將外國嘢前面加個「洋」字，例如洋人、洋房、洋行、洋酒、洋船、洋服、洋蔥、洋娃娃等，所以就有洋樓呢個叫法。另外重有「花園洋房」、「住洋樓養番狗」呢啲詞彙。

大樓 **daai6 lau4** （Building）

又叫大廈，係一啲比較多樓層嘅建築物，通常用嚟做住宅單位或者寫字樓，同洋樓都係樓層多所以會有較。而樓層超過五十層嘅大廈，通常會叫做摩天大廈。

露臺　lou6 toi4　(Balcony)

又叫陽臺、陰臺，係一種由大廈牆壁外壁突出部分，由圓柱或者托架支撐嘅平臺，露臺邊有欄杆防止人或物件跌出露臺範圍。

雖然露臺同陽臺都係同一種建築物，但兩個其實係有啲分別嘅，無頂又無遮蓋物嘅平臺叫「露臺」，而有遮蓋物嘅之平臺就叫「陽臺」。

元朝趙雍〈七夕〉詩：「初月纖纖照露臺，枉將瓜果鬧嬰孩。今宵自有經年約，何暇閑情送巧來。」

𨋍　lip1　(Lift)

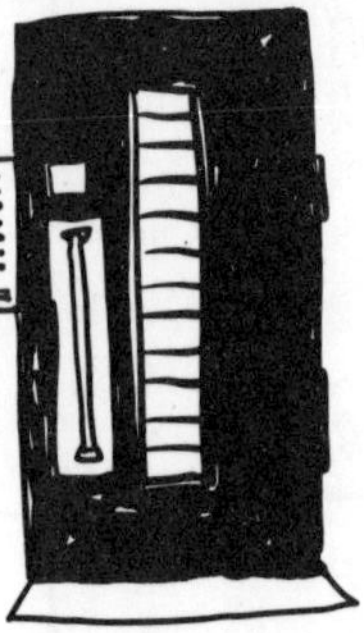

又叫升降機，係一種打直上落可以代替樓梯嘅機器，基本可以分為兩種，一種係載人上落，另一種係載貨。舊式嘅𨋍門設計重未有自動開門功能，就要搭𨋍嘅人自己用手開關外門同內門，而新款嘅𨋍道門會自動開關。

沖水馬桶 **cung1 seoi2 maa5 tung2** (Flush toilet)

又叫抽水馬桶，大概喺十八世紀時期由英國人發明，係利用槓桿原理將定量嘅水由水箱拉落，將排泄物沖走嘅馬桶。

明朝馮夢龍《喻世明言》卷三・新橋市韓五賣春情：「坐在馬桶上，疼一陣，撒一陣，撒出來都是血水。」

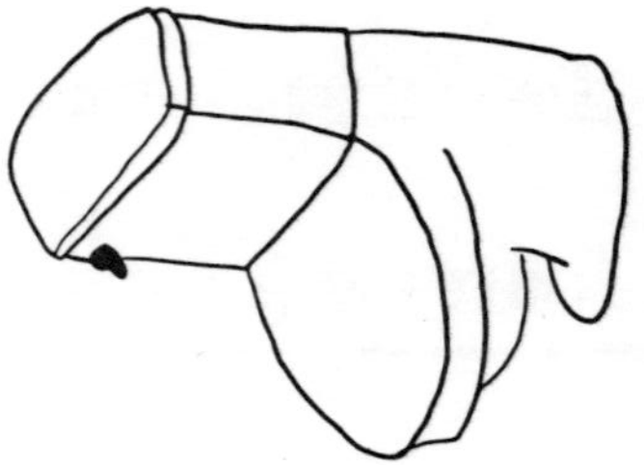

洋房　**joeng4 fong2**　（Bungalow; House）

又叫平房或者獨立屋（Single-detached Dwelling），係一種低密度獨立平房設計嘅住宅。好多都會有自己嘅停車位、地牢同天臺。

由於香港地價昂貴，除咗寮屋同原居民村落之外，喺市區好難起獨立洋房嘅，大多數都係喺新界或者香港島山頂、南區等地方出現。喺香港嘅洋房又可以分為村落式、屋苑式、獨立式三類。村落式零散起喺新界村落；屋苑式同獨立式都係由私人發展商大規模設計興建，通常每間獨立屋都附設車房，又有中央保安管理同埋有成個社區外圍圍牆，外人係唔可以隨便入去嘅。

別墅　**bit6 seoi6**　（Villa）

係一種獨立屋形式有私家花園嘅住宅，多數起喺市郊或者鄉郊地方。別墅通常都係豪宅嚟嘅，畀啲有錢人長住或者度假用。

大屋 **daai6 uk1** (Mansion)

係指零舍大嘅住宅，通常都係畀啲有錢人住嘅。

獨立屋 **duk6 laap6 uk1** (Single-detached)

係一種低密度設計嘅住宅，每間獨立嘅平房都淨係會住一家人，亦會有自己嘅停車位、地牢同天臺。

半獨立屋 **bun3 duk6 laap6 uk1** （Semi-detached）

係一種低密度住宅，不過結構上係由兩個單位夾埋先係一間半房，兩間屋中間有堵牆將建築物分成兩半，每半個就叫半獨立屋，各有自己正門同埋自己嘅門牌號碼等等。

地牢 **dei6 lou4** （Basement）

又叫地庫、地窖、地下室，係地面以下嘅建築物空間，通常係最低嗰層，冇窗又潮濕，空氣亦唔流通，可以改裝做貨倉或者泊車位。

北齊魏收《魏書》楊津傳：「津苦戰不敵，遂見拘執，洛周脫津衣服，置地牢下，數日，欲將烹之。」

村屋 **cyun1 uk1** （Cottage）

又叫村舍，係農村郊區或者市郊地區嘅細型房屋，一般只有一至三層高。而唔少嘅村屋係傳統房屋，例如華南地區嘅青磚屋。

丁屋 **ding1 uk1** (New Territories Small House)

香港新界一種特定屋宇，專係畀新界原居民嘅男丁有權起嚟自住嘅屋，喺香港殖民地時期已經有嘅「新界小型屋宇政策」。而未有起屋，但有權起屋嘅權利，就叫「丁權」。

屋仔 **uk1 zai2** (Small House)

又叫山邊屋仔、零丁小屋，係指零丁丁喺山或者田野之中一種細間嘅屋仔。原本係指禽畜所住嘅棚屋，後來亦指山野平民嘅居所，用料都係就地取材，例如木、石、草之類。

屋仔嘅其他稱呼有舍、廬、庵、墅之類，有形形色色唔同嘅名，多數會用草舍、茅舍、茅房、草廬、田舍、小廬、小屋等等。

天臺屋 **tin1 toi4 uk1** (Unauthorized Structure; Penthouse; Rooftop)

又寫天台屋，係非法喺大廈天臺上起嘅屋或貨倉，係政府清拆嘅對象之一。不過到依家仍然有唔少草根階層喺天臺屋居住。呢類住客有部分係業主，用市價較低嘅價錢買咗個天臺單位；亦有部分人只係租客。天臺屋不論係買嘅或者係租，價錢都較其他樓層低，一方面有可能因為佢係非法，而另一方面夏天熱、冬天凍亦令準租客想去揀番啲好嘅房嚟住。

大多數天臺屋已經有幾十年樓齡，樓宇殘舊兼冇物業管理，經常有出現漏水、蛇蟲鼠蟻，又會遇到有走火通道阻塞等三不管嘅問題。由於香港經濟貧富懸殊，直到現在仍然有唔少貧困人士住喺天臺屋，而呢班人同其他居住喺籠屋或者街上嘅貧民合共有成十萬人。

分間樓　fan1 gaan1 lau4　（Subdivided Flat / Subdivided Unit）

又叫分間樓單位，係廣州、香港等地嘅一種特殊住宅，係以出租房形式經營，通常喺唐樓呢類有一定歷史嘅建築物入面，亦有新起嘅洋樓採用類似嘅加建戶型。即係業主或二房東將一個普通住宅單位分間成幾個較細嘅獨立單位，用嚟賣或租，而每個細單位都設有獨立水電錶、廚房同廁所。

板套房　baan2 tou3 fong4　（Cubicle Apartments; Partitioned Flats）

主要係指板間房，係建築物結構嘅建築空間，以前就將天臺屋、閣樓、套房、梗房、籠屋等都歸入呢類，政府就叫呢啲做板間房，後來又改稱為劏房。呢啲房嘅特點係地方細、呎租貴、冇獨立水錶電錶，而且好多都係集中喺樓價較低嘅舊樓或屋苑入面。板間房、梗房、部分天臺屋同閣樓嘅住客，基本上都係要同其他住戶共用廚房同廁所。

板房 baan2 fong4 (Partitioned Room)

又叫間板房，屬於板間房嘅一類，即係用木料間出嚟嘅房間。板房喺五〇年代以後嘅香港流行，因為舊時嘅唐樓嘅樓底同面積都比較大，當時又興一屋多人「包租」嘅情況，二房東俗稱「包租公」，為咗分租畀多幾個「三房客」嚟賺錢，所以就出現呢啲板房。板房改建嘅原則就係要平，咁當然比唔上用磚頭石屎起嘅咁堅固啦，就連講嘢大聲啲隔籬另一邊嘅租客都可以聽到。

劏房 **tong1 fong4** (Subdivided Room)

係將住宅單位分割成幾個更細嘅房間，劏房未必係套房，因為套房係指一個可以居住嘅房間或空間，附設專有洗手間同浴室嘅單位。唔係套房嘅劏房例如板間房之類，所有租戶都要共用廚房廁所同浴室。有啲套房式劏房雖然有獨立廁所浴室，但又未必有獨立廚房。

棺材房　gun1 coi4 fong4　（Coffin Home）

係香港一種低下階層嘅住房，因為空間細到似個棺材一樣而得呢個名，房嘅面積唔超過二十平方呎，根本冇其他空間企同坐，喺度住嘅人都只係能夠瞓臥喺房入面。

籠屋　lung4 uk1　（Cage Home）

又叫白鴿籠，係香港呢個地狹人稠、樓價又高嘅城市，出現嘅一種特殊居住形式，住嘅人都係用鐵籠包圍個床位，所以稱為籠屋。

籠屋大約喺五〇年代出現，起初係畀啲移民香港嘅勞工暫時住宿。二〇〇九年尾美國有線新聞網絡（CNN）訪問其中一間籠屋，十九個人住喺六百幾平方呎（約五十八平方米）空間，共用兩個廁格。去到二〇一〇年仍然有十萬人住喺籠屋。香港政府對籠屋嘅回應，係由於租金問題而住嘅人唔想搬離市區，所以只能夠住喺籠屋。

床位 **cong4 wai2** (Bed Space)

係指畀單身人士住宿嘅框架或床鋪，而「床位寓所」就係指單位入面有十二個或以上已畀人根據租用協議佔用嘅床位，又或者喺同一建築物入面，單位之間嘅間隔牆已被拆去嘅兩個或以上嘅相連居住單位，而喺決定任何居住單位係咪構成床位寓所時，無須理會個居住單位入面係咪有任何間隔存在。而根據香港嘅法例，喺工業樓或者地庫入面，係唔可以開設床位寓所嘅。

瞓街 **fan3 gaai1** (Sleeping in Open)

即係指露宿，而瞓街嘅人，又叫街友、遊民、露宿者、流浪漢、野宿族等，係指一啲因為經濟能力差或者其他原因而居無定所，喺公園、天橋底、地下隧道、大廈後樓梯底等地方棲身嘅人。佢哋就喺城市中流浪，拾荒，行乞，又或者做咕喱等臨時工嚟賺取微薄金錢同食物。

佔屋　zim3 uk1　(Squatting)

係指佔用閒置或廢棄空間或建築物（通常為住屋用地），而冇一般法律認定嘅擁有權或租用權。佔屋喺二次世界大戰之後曾經喺幾個國家形成社會運動以彰顯土地使用或都市計劃嘅社會不公，而唔少國家用刑法將佔屋視為侵權行為而起訴佔用者。

逆權佔有　jik6 kyun4 zim3 jau5　(adverse possession)

又叫逆權管有，係香港普通法嘅法律概念，指房地產嘅非業主不經原業主同意，持續佔用對方土地超過一定法定時限後，原業主嘅訴訟時限即終止，嗰笪地嘅佔用者可以成為笪地嘅合法新業主，唔使付出任何代價。

根據香港一九四五年嘅成文法《時效條例》第347章，第7條及第17條，任何人士（包括惡意管有者）無間斷佔用官地六十年，香港政府便會失去嗰塊官地嘅追索權。

寮屋 liu4 uk1 (Squatter)

係指非法佔地起嘅臨時住屋，通常都相當簡陋，大多數重係用鋅鐵皮同木板搭成嘅屋，所以又叫做鐵皮屋、木屋。寮屋喺四〇年代尾嘅香港開始增多。原因唔單止係原有房屋受到戰時破壞，更重要嘅係之後大陸爆發內戰，有大量難民湧入香港。香港政府喺奉行自由貿易嘅原則之下，當時未有相應提供任何公營房屋計劃，所以啲難民就喺市區邊同山邊等地方搭起寮屋。而寮屋區亦好擠逼，衛生惡劣，重經常發生火災意外。

直到一九五三年十二月廿四日石硤尾大火燒咗嗰度嘅寮屋區（木屋區），令到近五萬人無家可歸後，香港政府先至改變房屋政策，興建公營房屋安置居民，之後寮屋嘅數量先至受到控制。香港政府喺一九八二年同一九八四年至一九八五年為所有寮屋做登記，紀錄每間屋嘅面積、高度、居住人口等資料，之後居民就唔能夠自己擴建（僭建）間屋嘞，如果唔係就冇咗搬上公屋，俗稱「上樓」嘅資格。

鐵皮屋　tit3 pei4 uk1　(Tin House)

是平價嘅臨時房屋，通常用白鐵片或馬口鐵板材料嚟起嘅。不過鐵皮屋比較易生鏽、漏風漏雨、唔隔音兼空氣焗，尤其喺夏天大熱天時同埋打風季節比較難頂。而有啲鐵皮屋會用不鏽鋼做重力層、掃上防鏽油漆加防漏膠、隔音同隔熱層，呢類鐵皮屋可以用嚟做車房、加工場、倉庫等。

私人屋苑

SI1 JAN4 UK1 JYUN2

PRIVATE
HOUSING ESTATE

係由私營發展商起好之後再賣畀私人業主嘅屋，可以分為多幢式、單幢式、獨立屋等，樓盤可以喺物業市場自由買賣，樓價可升可跌。

屋苑 **uk1 jyun2** (Housing Estate)

係香港同澳門對一種居住區域嘅稱呼，有時又叫「山莊」、「花園」等，名稱花樣多。由一幢或多幢住宅建築物組成，有時附設停車場、大廈平台、商場、市場、超級市場、兒童遊樂場、住客會所、泳池、健身室、居民穿梭巴士等。

喺香港住宅市場出現嘅屋苑名有：陽明山莊、賽西湖大廈、寶馬山花園、海天峰、雲景台、維港頌、港濤軒、太古城、康福園、比華利山、和富中心、惠安苑、杏花邨、逸濤灣、富匯豪庭、匯賢居、太安樓、紅山半島、田灣畔、南區左岸、會景閣、天璽、天比高……

公寓大廈 gung1 jyu6 daai6 haa6 （Condominium, Condo）

又叫公寓大樓，係指多樓層同多單位嘅住宅建築物，喺地少人多嘅城市常見嘅建築模式。大廈裡面每個單位可能唔係由同一業主有業權或使用權，而係每個單位就個別叫做公寓。

公寓大樓嘅基本設施有：水、電供應、排污管道、門、窗、樓梯、升降機、公眾走廊、天台、雪櫃、電話等。如果叫得做高級住宅嘅，會有住客會所、游泳池、網球場、健身房同埋物業管理等，有啲大廈平台會有購物商場同埋戲院添嘅。

明朝羅貫中《三國演義》第五五回：「今若以華堂大廈，子女金帛，令彼享用，自然疏遠孔明、關、張等，使彼各生怨望，然後荊州可圖也。」

山頂區 saan1 deng2 keoi1 （The Peak）

係香港最昂貴嘅住宅區之一。喺歷史上山頂除咗政府同大企業擁有、由高層職員居住嘅住宅之外，亦有多層中細型嘅單位公寓同屋苑，用嚟做中級職員嘅宿舍。

半山區　bun3 saan1 keoi1　(Mid-levels)

係香港太平山山頂同中環之間嘅一個高尚住宅區，由灣仔區同中西區嘅邊界開始、西至薄扶林道嘅東面、南至薄扶林郊野公園嘅北邊、北至皇后大道嘅南部。當地居民多數屬於中產階級，附近係中環銀行寫字樓商業中心區，交通好方便。

喺以前半山區主要都係外國移民住嘅，本地人係屬於少數。區入面擁有濃厚嘅殖民地色彩，例如有唔少特色學校建築，例如香港大學，重有一啲以香港總督命名嘅街道，例如般咸道、堅尼地道之類。

西半山 **sai1 bun3 saan1** (Mid-Levels West)

中環、上環、西環一帶，即係般咸道同以上地方，南面同堅道同以上地方。

中半山 **zung1 bun3 saan1** (Mid-Levels Central)

馬己仙峽道、舊山頂道、堅尼地道至寶雲道，中環近灣仔一帶，即係動植物公園同香港公園嘅上方。

東半山 **dung1 bun3 saan1** (Mid-Levels East)

灣仔、跑馬地嘅半山，司徒拔道同黃泥涌峽道一帶。

北半山 **bak1 bun3 saan1** (Mid-Levels North)

北角半山，雲景道、天后廟道同寶馬山道一帶。

公共房屋

GUNG1 GUNG6 FONG4 UK1

—— PUBLIC HOUSING ——

又叫公營房屋，係經由政府、公營機構或者非牟利機構為低收入市民而起嘅公共房屋，可以分為出租臨時房屋、出租永久房屋、資助出售房屋幾種。

明朝羅貫中《三國演義》第一回：「忽然大雷大雨，加以冰雹，落到半夜方止，壞卻房屋無數。」

清朝曹雪芹《紅樓夢》第六八回：「李紈見鳳姐那邊已收拾房屋，況在服中，不好倡揚，自是正理，只得收下權住。」

徙置區　saai2 zi3 keoi1　（Resettlement Area）

係香港早期嘅出租公共房屋，喺一九五四年至一九七五年期間興建，主要分佈喺較早開發嘅衛星城市同新市鎮（包括觀塘、葵涌、荃灣、屯門、元朗等），由徙置事務處管理。一九七三年屋宇建設委員會（屋建會）改制成為香港房屋委員會（房委會）；徙置區同其他政府出租房屋統稱公共屋邨，徙置區稱為乙類屋邨、屋建會廉租屋邨同政府廉租屋就稱為甲類屋邨。現時第一至六型大廈絕大部分已拆卸或重建，而第七型大廈亦已有部分開始重建。

徙置大廈　saai2 zi3 daai6 haa6　（Resettlement Building）

徙置區源於一九五三年石硤尾大火，之後香港政府喺附近山邊起多層式大廈安置災民，即係香港第一個公屋石硤尾徙置區。徙置區好多時會俗稱「新區」，可能係「徙區」音轉，亦有可能係因為係新開發地帶。由一九五九年至一九七九年之間共起咗共七個類型嘅徙置大廈。

安置區　on1 zi3 keoi1　(Resite Area / Licensed Area)

安置區主要係政府劃出空地同各間面積，由居民自己委託承建商，用木板或鋅鐵搭建而成嘅平房，喺一九七〇年代後期安置區改稱為臨時房屋區，臨屋區嘅建築，簡稱臨屋，多數係一至兩層樓高嘅平房，由政府負責起，視乎每戶人口分派到一層或兩層單位，而單位入面係冇廚房同浴廁，住戶都要喺屋外煮食，亦需要去公廁，而部分地處偏遠或座數較多嘅臨屋區，就會設有市場或士多。而喺臨屋區入面唯一用水泥起嘅建築物，大多數係變壓站同房屋署嘅辦事處。

臨屋區　lam4 uk1 keoi1　(Temporary Housing Area)

又稱做臨時房屋區、安置區，係已經消失嘅一種香港公共房屋，係用嚟安置受清拆、火災或其他天災影響而急需安置但又未可以即時符合入住公共屋邨嘅臨時居所。不過臨屋區居住環境唔單止狹窄，而且衛生環境惡劣，最後政府決定清拆臨時房屋區，現已被中轉房屋取代。

臨時屋 lam4 si4 uk1 (Temporary House)

又叫臨時房屋、組合屋、板屋，係供工程時提供人員暫時居住、辦公或為咗安置受災害或其他原因而無家可歸嘅人士而建立的居所。臨時房屋通常係用板材搭建，有啲可拆除後移去其他地方再重建。另外又有利用報廢貨櫃改裝成嘅貨櫃屋嚟做臨時房屋用。

公屋 gung1 uk1 (Public Housing)

又叫做公共房屋、公共屋邨，舊時叫做廉租屋，係政府為咗啲低收入人士提供嘅住屋，係由政府出錢起同埋擁有業權用嚟平價出租嘅屋邨。

呢種屋邨喺中國大陸就係叫廉租房，澳門叫做社會房屋，臺灣叫做國民住宅，新加坡同馬來西亞都係叫做組屋，喺公共房屋相當盛行嘅日本就叫做公營住宅。喺世界名地好多發達國家都會起公屋，例如：英國、澳洲、加拿大、美國、法國、德國、荷蘭。

中轉屋 zung1 zyun2 uk1 (Interim Housing)

又叫中轉房屋，係香港一種特殊公共房屋，為未符合入住正常公共屋邨資格嘅寮屋清拆戶，同受清拆、天災或其他原因影響嘅人士提供臨時居所，喺一九九〇年代中期起，逐漸取代臨時房屋區嘅角色。受影響人士會先被安排入住臨時收容中心，等候審核合乎中轉房屋資格。尤其適用喺清拆影響喺私人住宅樓宇嘅情況。

居屋 **geoi1 uk1** (Home Ownership Scheme)

全名叫居者有其屋，簡稱居屋，係香港一種公共房屋，喺一九七八年開始由香港房屋委員會去起，用低過市場嘅價格賣畀買唔起私人樓嘅市民，而賣出會有限制，要補番地價先至可以自由買賣。對象主要分兩類：公屋居民可以排「綠表」，抽中機會比較高，但買咗居屋之後就要交番間公屋單位出嚟；而其他市民又可以排「白表」申請，抽中機會比綠表較低。

居屋分類命名 **geoi1 uk1 fan1 leoi6 ming6 ming4** (Houses Classification Named)

香港房屋委員會發展嘅居屋屋苑，英文名稱通常係用中文名稱嘅廣東話拼音，再按英國嘅Council Housing傳統，將「苑」(Court) 字放喺個名尾度。而屋苑嘅中文名稱通常係用吉祥嘅用詞、寓意、動物命名等，例如黃大仙區嘅龍蟠苑、天馬苑、鵬程苑同香港島南區香港仔嘅鴻福苑；或者配合附近地方特色／附近屋邨／屋苑／街道名字嚟命名嘅。而唔同地區嘅居屋屋苑，好多時會使用唔同字頭嚟起名嘅。至於啲私人參建嘅居屋就無特定嘅命名規定。而喺樓宇方面，若果係房委會自建嘅屋苑就設有多過一幢大廈，就會為每座大廈起名，其中一個字要嚟自屋苑名稱，重一律附用「閣」(House) 嚟做尾綴；而私人參建嘅居屋，就通常唔會為每座大廈個別起名。

夾屋 gaap3 uk1 (Sandwich Class Housing)

全名叫夾心階層住屋，係一九九〇年代由香港政府委託香港房屋協會起嘅出售資助房屋，買入單位有五年轉售限制。夾屋喺一九九三年推出，原本係為收入唔夠購買私人物業，又超出申請居屋同公屋資格嘅中產人士，俗稱「夾心階層」解決住屋問題。喺夾屋推行前曾經稱為三文治階層住屋，係直譯自英文名稱。

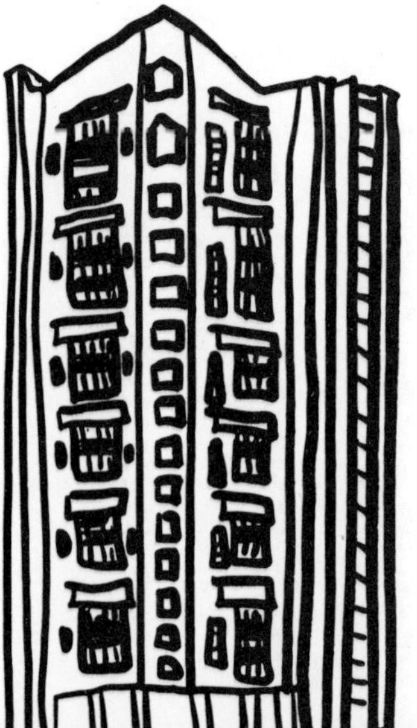

旅遊住宿

LEoi5 JAU4 ZYU6 SUK1

——TOURIST ACCOMMODATION——

係指專門為旅遊客人提供安全空間留宿過夜，亦會為旅客安排餐飲同娛樂等多種綜合服務，係旅遊業一個重要嘅環節。

宋代蘇軾〈凌虛臺記〉：「見山之出於林木之上者，累累如人之旅行於牆外，而見其髻也。」

清朝曹雪芹《紅樓夢》第六四回：「遂託相伴賈珍為名，亦在寺中住宿。」

清朝劉鶚《老殘遊記》第一回：「所以城中人士往往於下午攜尊挈酒在閣中住宿，準備次日天未明時看海中出日，習以為常。」

酒店 **zau2 dim3** (Hotel)

又叫飯店，古代稱為旗亭，係為旅客提供飲食、安全舒適嘅空間住宿、休息訓覺嘅商業設施。旅遊住宿屬於服務業，出賣嘅主要係服務。

現代酒店除咗為遊客提供住宿服務之外，亦係提供生活服務設施（寢前服務）、餐飲、遊戲、娛樂、購物、商務中心、宴會、會議等設施，部分酒店亦會提供增值服務，例如免費手機使用、房車接送等。

山頂酒店 **saan1 deng2 zau2 dim3** (Peak Hotel)

係香港十九世紀後期位置喺太平山嘅山頂嘅一間酒店，一八七三年落成啟用。當時山頂酒店嘅主要競爭對手就喺太平山腳中環嘅香港大酒店。而山頂酒店嘅創辦人（A. F. Smith）又喺後期開辦山頂纜車（Peak Tram）。

客棧　haak3 zaan2　(Inn)

又叫客店、打火店。喺十八世紀以前出現嘅旅店，當時設備簡陋，安全性差，只係能夠提供住宿同飲食服務，質量亦唔算高。據聞喺「大航海時代」，客棧嘅規模逐漸擴大，部分客棧已經可以提供多啲房間，又會設有酒窖、食堂同埋廚房，又有侍客大堂、花園草坪。

清朝吳沃堯《二十年目睹之怪現狀》第二一回：「一班挑夫、車夫，以及客棧裡的接客夥友，都一哄上船，招攬生意。」

飯店 **faan6 dim3** (Hotel)

飯店呢個稱呼可以追溯到清朝一八四六年喺上海租界成立嘅「浦江飯店」，之後喺一九〇〇年喺北京東交民巷附近，由外資創辦嘅六國飯店，係當時最知名的豪華旅店之一。

明朝凌濛初《初刻拍案驚奇》卷四：「來到文階道中，與一夥做客的人同落一個飯店，買酒飯吃。」

旅館 **leoi5 gun2** (Hostel)

主要為旅客提供飲食同住宿服務，又有娛樂活動同埋招待所等設施。旅館類型可以分為：旅遊旅館、渡假旅館、會議旅館、汽車旅館、招待所等。有部分旅館亦會稱做旅社、商旅等。

文選謝靈運《遊南亭詩》：「久痗昏墊苦，旅館眺郊歧。」

唐代高適〈除夜作〉詩：「旅館寒燈獨不眠，客心何事轉悽然。」

賓館　**ban1 gun2**　(ban1 gun2)

係接待、設宴賓客嘅招待所，又可以指酒店，有個別畀人叫賓館嘅地方係完全唔會對外開放做生意嘅，其中迎賓館係用嚟接待啲達官顯貴嘅，而國家用嚟接待訪客或外賓所使用嘅迎賓館，多半都係叫國賓館（State Guest House）。

度假村　**dou6 gaa3 cyun1**　(Resort)

又叫度假區，係指啲一個專門吸引遊客停留嘅區域，喺度假區入面通常會建有好幾棟形態各異嘅建築，又集合咗住宿、娛樂、放鬆、運動等功能。

度假屋　**dou6 gaa3 uk1**　(Vacation House)

係專為用戶度假住宿而設嘅屋，可以係出租房或者自置物業。出租嘅屬於商業經營；而自置物業可以係買家自用，或者借畀親戚朋友喺假日時所用。有啲公司亦都會設置度假屋畀公司職員喺假期時享用。

民宿 **man4 suk1** (man4 suk1)

一般情況下有兩種解釋，一種係指自己起嘅住宅入面將空咗嘅房出租畀人客住，兼由主人同佢屋企家人負責搞衛生同埋入住、接待客人等服務；而另一種就係私人經營嘅旅館仔，通常房間都係冇商務設施嘅。

香港鄰里關係

HOENG1 GONG2 LEON4 LEI5 GWAAN1 HAI6

—— Hong Kong Neighborhood Relations ——

現代社會由於個人主義比較盛行，亦因為返工時間長少咗機會碰到面，人際關係亦較以前疏離，鄰里之間嘅關係亦都比較以前疏離。雖然現代鄰里關係普遍比以前疏離，不過仍然有唔少人經常同鄰居來往，當有事發生或屋企冇人時，鄰居通常都可以幫到忙。而香港政府亦都有廣告推動睦鄰觀念。

社區組織 se5 keoi1 zou2 zik1 (Community Organization)

現時有唔少嘅鄰近社區都會組織成大細唔同嘅團體，呢啲團體為爭取社區共同關心嘅社會福利、自治或者共同市場，例如業主立案法團、互助委員會、街坊福利會、各地同鄉會等。

業主立案法團 jip6 zyu2 lap6 on3 faat3 tyun4 (Owrers' Corporation)

係香港社會法人組織嘅形式之一，都係按照香港法例《建築物管理條例》而成立嘅，主要係為咗想改善香港嘅物業管理架構。

街坊福利會 gaai1 fong1 fuk1 lei6 wui2 (Kaifong Welfare Association)

香港傳統嘅互助組織，喺一九四九年開始出現，由當時嘅民政處協助成立，初期嘅街坊福利會為街坊同當區居民提供贈醫贈藥、施棺派米、贈衣義學同免費留產等嘅濟貧福利工作。而依家嘅街坊福利會就主要舉行各式文娛活動，提供場地同服務畀當區嘅老幼同埋青少年，亦會協助政府推行一啲公益措施。

香港住屋問題

HoEng1 gong2 zyu6 uk1 man6 Tai4

—— Hong Kong Housing Problem ——

可以係指香港住屋住房各方面嘅問題，香港人比起舊時嘅市民對自己嘅生活要求高咗，各人都希望會有自己嘅空間，所以對住屋嘅需要亦增加。而香港嘅房屋供應短缺、住屋開支高，部分家庭住喺唔適合嘅居所等嘅問題，一直都受到社會關注。香港大眾嘅居住環境一向都被指「住得貴、住得細、住得迫、揾氣激」，呢啲問題令到社會怨氣同矛盾加劇。

屋貴租貴　uk1 gwai3 zou1 gwai3　（Housing is Expensive, Rent is Expensive）

香港地產業一直活躍，而房地產市場喺過去都普遍向上升，香港成為全球樓價最難負擔嘅城市，而租屋住嘅支出亦都非常之高。可以話香港人就算唔食、唔瞓、唔使交租做嘢，都要儲成廿幾年錢先至有可能買樓。

政策失衡　zing3 caak3 sat1 hang4　（Policy Imbalance）

有意見認為香港政府公開出售可以起私人住宅同工商發展用途嘅政府土地，以賣地收入同投資收益嚟應付政府開支。而發展商推出主要是針對高價嘅樓盤，令普羅大眾更加難置業。

亦有意見認為政府接受大陸居民透過單程證嚟香港，搞到香港人口持續增長、土地嚴重不足嘅主要原因，認為政府需要檢討人口政策。

等上公屋 dang2 soeng5 gung1 uk1 (Waiting List for Public Housing)

政府承諾為冇能力租住私人屋嘅低收入家庭提供公共租住房屋，又為基層同低收入家庭提供安全網。但公屋單位嚴重唔足夠，新起公屋速度極慢，一般申請人士嘅平均輪候時間為五年至七年先至有機會上樓。

土地不足 tou2 dei6 bat1 zuk1 (Insufficient Land)

有人認為政府減慢咗規劃同開發土地嘅速度同規模，政府冇預見經濟同發展用地嘅需求，同時為咗改善環境又大量土地規劃成為郊野公園等嘅非發展用途保護區域，又將新規劃發展土地嘅發展密度降低，造成依家房屋嚴重唔夠供應。

亦有唔少社會人士都批評政府對發展棕地唔夠積極，寧願發展綠化用地同非原居民村，都唔願意去徵收棕地。

發展棕地　faat3 zin2 zung1 dei6　（Developing Brownfield Sites）

根據政府嘅定義，香港嘅棕地係指新界鄉郊地區有工業活動嘅農地，唔同其他地方所指嘅工商業廢棄地。香港嘅棕地通常比較平坦同交通方便，喺棕地上面嘅工業活動包括：露天貯物、港口後勤設施、工業工場、物流用地、回收場地、建造機械同物料貯存等等。而多數棕地都唔係好配合附近周圍嘅環境，同埋位置亦比較分散唔集中。

收回土地　sau1 wui4 tou2 dei6　（Lands Resumption）

政府可以根據《收回土地條例》擬議收回某段區域嘅土地，以進行新發展計劃。不過喺收地過程中涉及好幾個部門同環節，如果收地嘅範圍大嘅話，難度會更加大。當中包括：土地上嘅業權、擁有權、使用權、賠償、收例等等唔同嘅持分人士。

舊區重建　**gau6 keoi1 cung4 gin3**　(Old Area Redevelopment)

又叫市區更新（Urban Renewal）、城市再開發，係城市內因為早期欠缺城市規劃或者建築物日久失修，而作出全面或者部分地區嘅重新興建，或整理修緝計劃工程嚟解決原有市中心功能萎縮嘅問題。喺實行時經常會有反對意見，例如某舊建物重建嘅單位業主（通常都係有固定目的嘅）。

不過現時嘅舊區重建計劃通常都會係增加樓宇同單位數目，咁做就會直接加重重建地區嘅人口密度同社區交通擠迫嘅壓力。

發展郊野　faat3 zin2 gaau1 je5　（Develop Countryside）

根據政府資料，香港嘅陸地面積約有一千一百零八平方公里，其中有兩成半土地已經發展，其餘七成半嘅土地仍然保留較自然嘅面貌。而大部分未發展嘅地方已經被劃為郊野公園或者其他形式嘅保護地區，受到香港嘅法定保護。

如果政府要發展郊野地區範圍就需要修例改變土地用途，呢方面會受到好多唔同意見團體反對，而現時嘅一般市民都比較傾向支持反對團體。但喺土地受限制開發時，直接得益者又會係邊個呢？而受到保障嘅究竟會係蝴蝶、蠑螈、黑面琵鷺……定係……

移山填海　ji4 saan1 tin4 hoi2　（Moving Mountains and Reclamation）

又叫新填地（New Reclamation Land），係世界上一個比較有效得到土地嘅方法，由十三世紀嘅歐洲至廿一世紀嘅亞洲都一直有填海工程，香港就由開埠到依家都有移山同填海增加可用土地。

明朝無名氏雜劇《八仙過海》楔子．第二折：「俺衆仙各施神通，移山填海，水盡枯乾，教你無處潛藏。」

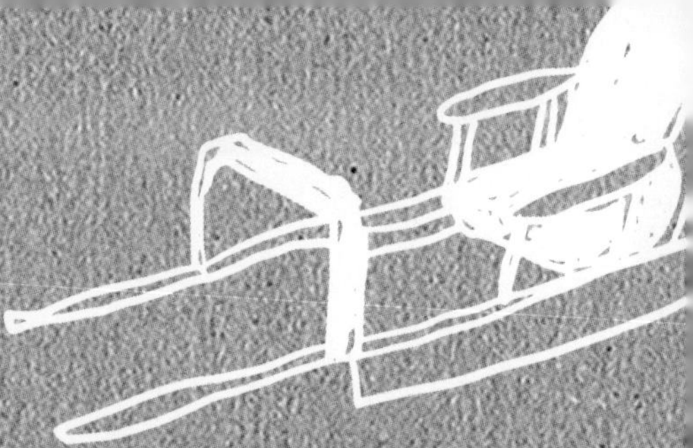

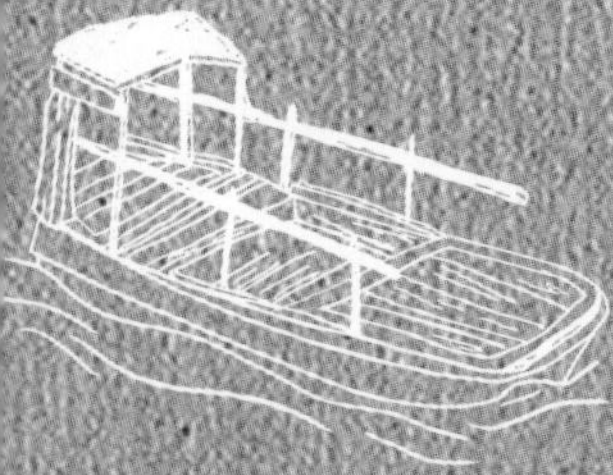

WALK

行

HANG4

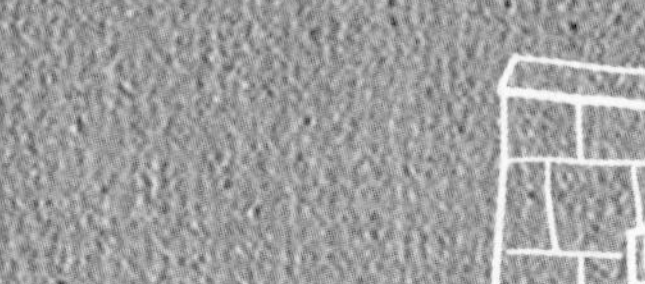

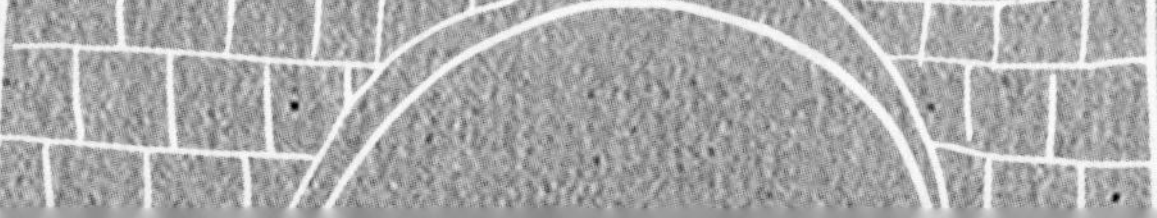

HANG4

行

WALK; TRAVEL; TRANSPORTATION

香港開埠初期，當時嘅人出行就要靠轎、山兜、馬車、牛車、木頭車、單車、人力車等嚟代步。由於香港經濟發展快速，於是政府就引入俗稱叫「叮叮」嘅電車，而最先建設嘅電車系統就係山頂纜車。

隨著社會嘅經濟發展，為香港交通業提供咗物質基礎同埋市場需求，由從前嘅簡陋交通工具到依家嘅完善交通系統，巴士、渡輪、小巴、的士、鐵路、飛機等等，已經趨向安全化、智慧化、高速化嘅方向發展。

交通工具

gaau1 tung1 gung1 geoi6

—— Transportation ——

廣義上嚟講可以係指所有用嚟人類代步或運輸嘅裝置，包括：車、船、飛機等。其中又包括牛車、馬車等用動物拉動嘅移動設備，當然包括埋用人拉嘅黃包車、抬嘅轎、推嘅輪椅都算係交通工具。

北周庾信〈見遊春人〉詩：「連盃勸上馬，亂果擲行車。」

轎 giu2/kiu2 (giu2/kiu2)

又叫做輿，係一種人力抬行嘅交通工具，外形似裝有抬槓冇碌車廂嘅結構，乘客坐喺入面，由兩個或四個轎夫用膊扛或手抬步行運輸。嗰時嘅轎除咗官員坐嘅綠泥大轎同迎親用嘅花轎外，重有「營業轎」同「長班轎」兩種。「營業轎」設備比較簡陋，而「長班轎」就係富貴人家嘅專用轎，轎身有好靚嘅裝飾。

山兜 saan1 dau1 (Sedan)

其實係一張藤椅造型嘅轎，座位兩邊各有兩至三個藤圈，兩邊藤圈扣住兩條長竹竿，就係可以坐人嘅山兜，主要係畀前後兩個轎夫用嚟抬人上山用嘅工具。

喺英國人嚟到香港嘅初期，香港島上嘅馬路極少，多都係啲橫街窄巷，當時啲華人富商多數住喺半山，而啲外國人就住喺山頂區，出入上落得多都會行到腳仔軟。於是就有人訂造咗一批上山用嘅轎，俗稱「山兜」，用嚟做當時上落半山同山頂嘅一種代步工具。

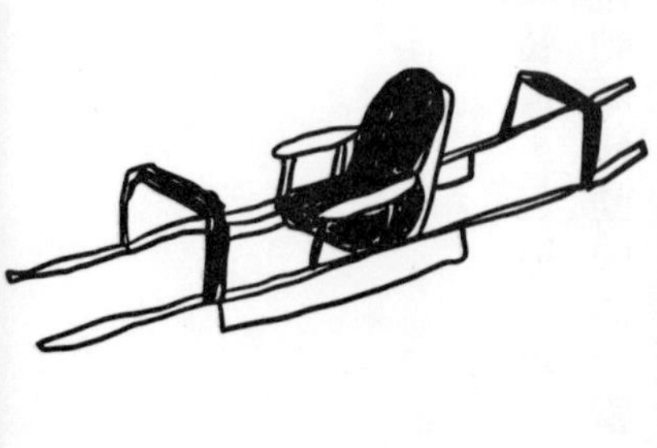

轎夫 giu2 fu1/kiu2 fu1 (Chair Coolie)

係指抬轎送搭客嘅人，一頂轎至少要兩個轎夫，而最有氣派嘅就係「八人大轎」。

清代吳敬梓《儒林外史》第六回：「直到上燈時候，連四斗子也不見回來。抬新人的轎夫和那些戴紅帽子的又催的狠。」也稱為「轎班」。

人力車 jan4 lik6 ce1 (Pulled Rickshaw)

又叫做車仔、黃包車，或者東洋車，係一種靠人拉有兩個碌嘅交通工具，有座位可以坐到一、兩個人，主要由一個人喺前面拉（有啲車會有多個人喺後邊幫手推）。人力車最早喺一八六九年由到日本嘅美國傳教士發明嘅，最先只喺橫濱街上使用，係十九世紀中後期至二十世紀初，成為亞洲各地城市嘅主要嘅交通工具，之後逐漸畀三輪車或者機動三輪車取代。

香港嘅人力車喺一八七四年由一位商人從日本買入，幾年之間就成為一種流行嘅代步工具，重喺一八八三年開始有管理制人力車出租服務，主要係對車牌同車伕嘅儀容做管制（陸軍裝髮型同唔可以留長指甲）。人力車嘅數目由一八九六年嘅五百八十五架倍增至一九二〇年代超過三千架，但係喺二次大戰之後，隨住社會現代化發展而開始衰落。一九六八年港英政府已經停止向人力車發牌，至一九七〇年已經減到唔夠二百個車伕牌，大約喺一九八〇年代起已經變成只係做遊客生意嘅觀光車，到咗二〇一三年只淨番三個車伕牌。

馬車

maa5 ce1 (Horse-drawn Vehicle)

最初馬車係一隻馬拉嘅兩個碌嘅車，發展到十九世紀就有四個碌馬車同四隻馬拉嘅馬車，呢啲馬車速度比原來嘅快咗幾倍。香港開埠之後就有馬車喺街上出現，最先喺新闢成由灣仔至西環嘅皇后大道上行走，而馬車行嘅路就畀人叫馬路，所以當時皇后大道亦畀人稱為「大馬路」。而馬車同馬係十九世紀時香港馬路上嘅主要交通工具。

到一九〇三年香港市面已經有好多馬車公司，當時嘅出租馬車分別有單雙馬匹嘅馬車同大型馬車。不過喺一九〇四年出現電車「叮叮」之後，馬車就開始慢慢式微。日治時期馬車又恢復行走，到戰後馬車已經無再喺馬路上行走。

山頂纜車　**saan1 deng2 laam6 ce1**　(saan1 deng2 laam6 ce1)

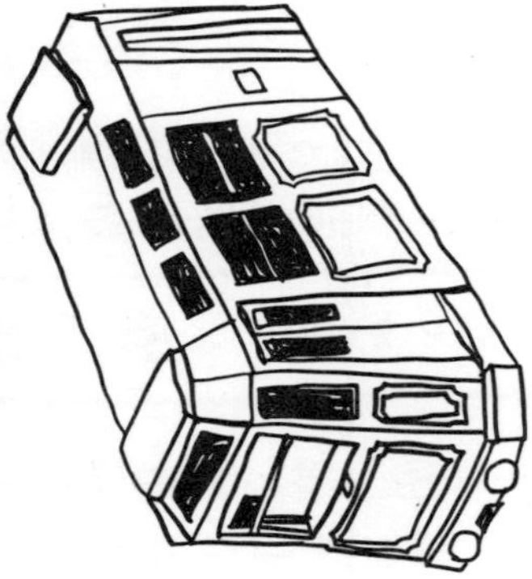

喺一八八八年開始運作至依家，來往香港島中環花園道同太平山爐峰峽，係香港開埠之後嘅第一種運作嘅機動公共交通工具，亦係亞洲第一條嘅「地面索道」纜車。喺一九三六年山頂纜車機房控制機組由原先嘅蒸氣鍋爐推動改為用電力推動，而且又起埋架空電纜。

早期山頂纜車車廂座位分為三種，頭等，只係畀英國殖民地官員同太平山居民（白人）使用；二等，係畀英國軍人同香港警務人員使用；三等，畀其他香港居民使用。

山頂纜車歷史珍藏館

saan1 deng2 laam6 ce1 lik6 si2 zan1 cong4 gun2 （Peak Tram Historical Gallery）

係香港二〇〇七年開放嘅一個私營嘅博物館，位置喺中環纜車總站，旅客喺中環山頂纜車總站乘搭山頂纜車上山就可以免費入場參觀，裡頭有介紹山頂纜車嘅歷史，亦展出超過二百件相關文物同圖片。

纜車站

laam6 ce1 zaam6 （Peak Tram Station）

山頂纜車路軌全長一千三百六十五，坡度為四至廿五度七，海拔為廿八米至三百九十六米，車站包括：

- 中環總站（位於中環聖約翰大廈，即港鐵中環站、金鐘站附近）
- 堅尼地道站（同中環總站好近，屬於使用量低嘅纜車站）
- 麥當勞道站（一九五七年「麥當奴道」改名為現在嘅「麥當勞道」；使用量低嘅纜車站）
- 寶雲道站（因為太相近而併入麥當勞道站；一九八五年停用）
- 梅道站（係纜車全程坡度最斜嘅一段，又係使用量低嘅纜車站）

· 白加道站（舊名叫「白蘭特順道站」，使用量極低嘅纜車站）
· 山頂總站（位於太平山爐峰峽芬梨道凌霄閣入面）

登山吊車 **dang1 saan1 diu3 ce1** （Cable Car）

又叫架空纜車，係纜索運輸嘅一種，通常喺山坡上運載乘客或者貨物上下山。「架空索道」係利用懸掛喺半空嘅鋼索，承托同牽引客車或貨車向前或向後行駛。除咗有車站之外，一般喺半路每隔一段距離就會起一個承托鋼索嘅支架。部分索道採用吊掛嘅車廂；亦有索道係冇吊廂嘅，乘客就坐喺開放式嘅吊椅。

柏架山吊車 **paak3 gaa3 saan1 diu3 ce1** （Mount Parker Cable Car）

又叫柏架山纜車，係香港一個已經拆卸嘅「架空索道」系統，由一八九二年至一九三二年運行咗四十年，主要係來往香港島東部嘅柏架山同鰂魚涌。

柏架山吊車原本係英商太古洋行為公司職員提供嘅交通工具，用嚟接載職員來回柏架山上嘅宿舍同山下面嘅太古企業之用，又會喺非繁忙時段接載遊客同埋附近嘅居民上落。

香港海洋公園吊車

hoeng1 gong2 hoi2 joeng4 gung1 jyun2 diu3 ce1 (Ocean Park Cable Car)

又叫登山纜車，係香港海洋公園嘅「架空索道」系統，喺一九七七年啟用。連接海洋公園裡頭嘅海濱樂園（山下）夢幻水都同高峰樂園（山上）嘅海洋天地，遊客可以喺吊車入面欣賞到深水灣同南朗山嘅海景。

昂坪吊車

ngong4 ping4 diu3 ce1 (Ngong Ping Cable Car)

又叫昂坪纜車、昂坪360，係一個連接大嶼山東涌同昂坪嘅「架空索道」系統，喺二〇〇六年通車。昂坪纜車係現時亞洲最長嘅雙纜索纜車系統，相關嘅旅遊設施包括昂坪市集。

香港電車　hoeng1 gong2 din6 ce1　（Hong Kong Tramways）

俗稱「叮叮」，係香港島區行駛嘅一個路面有軌道電車系統，由筲箕灣至堅尼地城之間行走，另外有兩條環形支線來往跑馬地至筲箕灣同堅尼地城，係全球現存唯一一個全數採用雙層電車嘅電車系統，同最大嘅服務中雙層電車車隊。

香港電車喺一九〇四年投入服務，當時喺街行走嘅單層電車，全綫共有廿九個電車站，係香港歷史悠久嘅機動公共交通工具之一，僅次於香港纜車同天星小輪，唔單止係香港島嘅地標，亦係外地遊客觀光著名景點。到一九一二年由於社會經濟發展，電車乘客持續增長，社會上就出現咗雙層電車。開始時嘅雙層電車上層係冇蓋嘅，後來為咗擋雨先至喺上層加設帆布帳篷。

香港電車現時經營六條部分重疊嘅路線連接堅尼地城至筲箕灣，全長十三公里，共有七個總站同一百二十三個電車分站。

1. 上環（西港城）⇄ 筲箕灣
2. 跑馬地 ⇄ 筲箕灣
3. 石塘咀 ⇄ 北角
4. 石塘咀 ⇄ 銅鑼灣
5. 堅尼地城 ⇄ 跑馬地
6. 堅尼地城 ⇄ 筲箕灣
7. 堅尼地城 ⇄ 上環（特別線，只喺日間至黃昏每個鐘頭一至兩班車）

除咗呢六條主要路線之外，又因應班次調動，亦有喺西灣河電車廠同屈地街電車廠為終點站嘅返廠電車。另外有時亦會因應路面情況，改用一啲非電車總站地點為終站同調頭之用嘅車站，包括堅尼地城、城西道、西營盤、中環、金鐘、灣仔、維多利亞公園、北角、鰂魚涌。

自動車 **zi6 dung6 ce1** （Car; Autocar; Automobile）

又叫汽車、機車，即是指喺一九〇五年先至出現，有三個或四個轆以上，本身有動力可以驅動前行，唔需要依軌道或者電纜得到動力行駛嘅車輛。

喺十九世紀末時汽車同電單車嘅轉動系統開始定型，而用內燃機燃燒汽油同柴油驅動成為主流，當時嘅汽車仍然係用手工業方式嚟製造，雖然已經用標準化部件組成嘅量產車，但係實際上汽車嘅產量仍係好少。

跑車 **paau2 ce1** （Sports Car）

係指喺一九一九年《時代周刊》出現嘅高性能汽車嘅代名詞，所指嘅亦係喺一戰前嘅賽車運動裡頭嘅高性能汽車。當時嘅跑車風格可以分為「單廂兩門」跑車（Sports Coupe）、「兩廂四門」轎跑車（Sports Sedan）、開篷跑車（Sports Convertible）三種。

私家車　si1 gaa1 ce1　（Saloon; Sedan）

又叫房車、轎車、𨋢𨋢車，曾經用嚟做家用車嘅統稱。通常指可以用嚟載人同載行李嘅私人汽車。典型私家車大部分係三廂設計，多數係兩廂四門同車尾加個行李廂（車尾箱）。市面上有啲標準車、行政車、加長型禮車、豪華旅行車或者超級跑車等各種私家車，都可以歸入為豪華房車嘅類別嘅。

白牌車　baak6 paai4 ce1　（White Card）

係以前香港人對非法載客私家車嘅俗稱。喺一九八〇年代中以前，香港嘅正規的士車牌係黑底白字，非商業用嘅私家車就係白底黑字，所以用私家車非法當的士嚟用嘅就叫佢哋做白牌車。不過之後已經統一為「前白後黃」嘅反光（BS AU145A）規格，所以家陣就唔可以由車牌顏色分辨出呢架車係咪合法營運嘞。

香港喺五〇至六〇年代就係白牌車嘅全盛時期，因當時公共交通重未普及，而且白牌車因為唔使交商業牌費，所以費用比其他車收得平。喺六七年嘅暴動期間，唔少白牌車接受轉做公共小巴。直至七〇至八〇年代，新界郊區仍然有白牌車行走。

黑牌車 hak1 paai4 ce1 (Black Card)

香港喺一九八三年統一車牌格式之前，商用車（包括的士同貨車）車牌都係黑底白字！（前後一樣），私家車係白底黑字（前白後黃）。巴士同小巴係紅底白字車牌。

香港嘅客貨車（Van仔）可以揀用私家車或者貨車登記。揀私家車登記嘅可以坐七個人（唔計司機）；而揀做貨車登記嘅就拆咗車最後嘅一排座位，最多只可以坐五個人（唔包司機），而且最後一排橫向玻璃窗要封窗，同埋要加裝貨物分隔網。由於八〇年代中之前私家車係白色車牌，而貨車係黑色車牌，所以又有人將做貨車登記嘅客貨車叫做「黑牌車」。

另外，以前貨車門上要噴上黑底白字，標明車主資料同埋載重，稱為板字。後來因為私隱原因取消咗車主資料，只剩低載重資料，再直至廿一世紀後先完全取消板字。

紅牌車 hung4 paai4 ce1 (hung4 paai4 ce1)

香港喺七〇年代中之前，亦有一種叫紅牌車嘅載客車，車牌係紅底白字。車型一般都極似的士嘅房車，但係車入面冇咪錶，車頂都冇的士嘅指示燈。其實當初紅牌車係電召載客，係唔可以隨便喺街上揾客嘅。不過紅牌車經常都喺街上同正規嘅的士爭客。因為咁政府喺一九七六年將所有紅牌車轉變成正規的士，原車主要補價七萬五千緡就得，之後紅牌車就成為歷史。

公共交通

GUNG1 GUNG6 GAAU1 TUNG1

—— PUBLIC TRANSPORT ——

香港同世界各地嘅大城市一樣都會塞車，舊區道路設計過時、汽車流量過高等嘅問題。而喺香港大部分嘅市民都係使用公共交通工具嚟代步嘅。

漢代班固等《東觀漢記》：明德馬皇后：「吾前過濯龍門，見外家問起居，車如流水馬如龍，亦不譴怒，但絕其歲用，冀以嘿止歡耳。」後人就用「車水馬龍」嚟形容繁華熱鬧嘅景象，又暗指交通擠塞馬車排長龍嘅情景。

香港巴士 hoeng1 gong2 baa1 si6 （Bus services in Hong Kong）

香港早喺一九二〇年代已經有公共巴士行走，而當時香港有五間巴士公司，包括九龍區嘅九龍汽車公司「九巴」、啟德汽車公司、中華汽車公司「中巴」，香港島嘅香港大酒店、香港仔街坊福利會等等。到一九三三年政府實行地區專利權，香港島路線由中華汽車「中巴」營辦，九龍同新界路線就由九龍巴士（一九三三）「九巴」營辦。至一九四一年日本佔領香港，因為燃料短缺，香港巴士服務喺嗰段時間曾經陷入癱瘓。當時有唔少巴士都畀舊日本帝國軍隊破壞或徵用，喺戰後巴士公司惟有使用改裝車行駛。

一九六七年香港發生暴動，巴士公司因人手不足嘅關係被迫暫停營運旗下路線，有部分路線喺六七暴動之後都冇繼續行駛。暴動過後香港巴士服務喺一九六八年大致回復正常。同時香港兩大衛星城市荃灣同觀塘亦已發展成熟，九巴亦開辦來往荃灣市區同觀塘嘅四十號線。

專營巴士 zyun1 jing4 baa1 si2 (Franchised Buses)

現時香港共有五間公司提供私營專利（專營）巴士服務，有接近七百條巴士路線；香港並無公共巴士服務，但政府對巴士公司有相當程度嘅規管，包括巴士路線嘅定價。

· 九巴（九龍巴士（一九三三）有限公司）

主要行走範圍包括九龍、新界同埋過海路線，共有四百二十條線。同龍運係姊妹公司。

· 龍運（龍運巴士有限公司）

主要行走東涌、迪士尼樂園同機場來往新界，共有廿六條線。

· 城巴（城巴有限公司）

主要行走有香港島線、過海路線、九龍啟德線、大嶼山機場快線、深圳灣口岸過境線。

共營運一百六十條路線。城巴亦經營非專利巴士路線。同新巴係姊妹公司。

· 新巴（新世界第一巴士服務有限公司）

主要行走香港島線、過海路線、西九龍將軍澳專線，共有一百零四條巴士路線。

· 嶼巴（新大嶼山巴士（1973）有限公司）

主要行走大嶼山路線，港珠澳大橋香港口岸路線、深圳灣口岸專線，共有二十條路線。

非專營巴士 **fei1 zyun1 jing4 baa1 si2** (Non-franchised Buses)

香港嘅非專營巴士，係由唔同嘅私營巴士公司提供，大致上分開以下類別：

A01：遊覽巴士，俗稱旅遊巴，主要接載旅客往返旅遊地點。

A02：酒店巴士，由酒店開辦或與巴士公司聯營，接載酒店顧客往返酒店。

A03：學生巴士，俗稱校巴，由學校開辦或與巴士公司聯營，接載學生往返學校。

A04：僱員巴士，由個別機構開辦或與巴士公司聯營，接載員工上下班。

A05：國際乘客巴士，俗稱班車或跑狗，接載旅客往返各個口岸／跨境服務。

A06：居民巴士，俗稱屋巴 或 邨巴，主要係返工繁忙時段長距離路程嘅輔助接駁。另外由屋苑或管理公司同巴士公司聯營，接載乘客由居住屋苑往返主要交通交匯處。

A07：複合交通巴士，一個特別類別，但未有非專營巴士以呢類牌照營運。

A08：合約式出租巴士，俗稱包車，以合約形式出租提供巴士服務。

A10：港鐵巴士，屬非專營巴士服務。（港鐵由香港政府全資擁有）

A13：港鐵接駁巴士，屬非專利巴士服務，由九巴以特許營運港鐵巴士車隊方式提供服務。

巴士站　baa1 si2 zaam6　(Bus Stop)

係畀巴士喺路程中停低上落客嘅地方，可以係一個中途站，而目的地就係一個終結站，又叫總站。巴士站有幾種，分別係街邊嘅車站、有蓋嘅巴士站、總站、轉車站等。而有蓋巴士站又可以係喺座建築物裡頭；街邊嘅車站通常只係得一個車站牌，有啲就會加一個細嘅瓦遮頭。依家有好多嘅巴士站，都會有時間表，路線圖等展示畀人睇嘅。

巴士總站　baa1 si2 zung2 zaam6　(Bus Terminus)

係指巴士最頭或者最尾嘅巴士站，亦即係嗰條巴士線嘅第一個或者最後一個站，亦係巴士司機小休或者換班嘅地方，巴士會停喺度多一陣先至會開車走。

有啲巴士總站唔單止係接駁本地巴士，好多時都會連埋長途巴士、火車站、地鐵站、碼頭，等啲乘客可以轉乘其他交通工具去第二處。

香港小巴 **hoeng1 gong2 siu2 baa1** (Public Light Buses; Minibus)

主要分為「公共小型巴士」同「私家小型巴士」兩種。香港喺五〇至六〇年代，曾經喺新界流行一種載九個人嘅白牌車。呢啲白牌車收費比巴士略高，車程又比巴士短，但係因為唔合法經營嘅關係，警察曾經大力掃蕩。喺一九六七年香港發生暴動，巴士司機罷工，部分路線停晒，交通癱瘓，政府就容許白牌小巴入到市區，之後白牌車就越來越受市民歡迎。正因為暴動時巴士服務癱瘓嘅關係，結果令白牌小巴（即係日後嘅紅色公共小巴同綠色專線小巴）嘅地位提高。

紅色公共小巴 hung4 sik1 gung1 gung6 siu2 baa1 （Red Public Light Bus）

簡稱紅巴，又叫紅Van同十四座，喺一九六九年小巴由九座位加至十四座位，十四座因而成為小巴嘅別稱。最後政府喺一九七〇年推出白牌車合法化政策，由政府發牌，攞牌之後可以喺香港、九龍、新界等地方行走，即係現時嘅紅色小巴。而每年四千三百五十架小巴嘅限制亦係於當年制定嘅，咁多年嚟都無改變。

綠色專線小巴 luk6 sik1 zyun1 sin3 siu2 baa1 （Green Minibus）

簡稱綠巴，又叫綠Van，一九七二年政府喺山頂試行私營豪華小巴制度，第一條私營豪華小巴一號線（來回山頂至中環）開始服務，結果試驗成功，跟住喺一九七四年正式實施專線綠巴制度，到一九七五年香港島已經有六條綠色專線綠巴。政府又喺一九七七年招標幾十條綠色專線小巴線線畀有興趣嘅商人投標，第一批九龍同新界綠色專線綠巴路線分別喺一九七九年開始喺大街行走。

小巴座位 **siu2 baa1 zo6 wai2** （Minibus Seats）

早期嘅小巴係由九座位轉為十四座位，冇車頭頂地點牌箱。至一九七八年先至陸續安裝車頭頂地點牌箱，之後就可以清楚睇到小巴行車嘅目的地。政府又喺一九八八年批准小巴由十四座位加到十六座，部分小巴商會曾經要求政府放寬座位數目至到二十座位，但係政府認為小巴係輔助交通工具，受到保護鐵路政策等限制而唔批准，不過又喺二〇一七年批准小巴座位增加到十九個。

小巴站 **siu2 baa1 zaam6** （Minibus Stop）

係公共小巴上落乘客嘅車站，乘客定點聚集，方便一次過停車上落，唔使多次停車同開車。除咗專線小巴（綠Van）同巴士一樣有固定嘅上落客站之外，一般小巴（紅Van）係冇法例要求有定點上落，佢哋就好似的士咁，除非喺禁區範圍，乘客可以隨意要求喺「前面有落」或者「轉彎有落」。

香港的士 hoeng1 gong2 dik1 si6 （Taxis of Hong Kong）

「的士」呢個詞係由英文Taxi嘅音譯出嚟嘅，大約喺一九二〇年代香港出現，開頭喺香港島行駛，之後擴展服務到九龍半島。最初嘅的士只有三至四個座位，收費方式分為按「時間同距離」議價或者係按照「咪錶」（計程器）收費兩種。香港喺日治時期之前，的士通常喺各渡輪碼頭同各大酒店門口等客，如果需要喺其他地方搭的士，就要預先打電話去的士公司叫車。

舊時嘅的士牌係由香港政府直接發畀的士公司，去到一九六四年起就改用招標方式公開拍賣。現時香港嘅的士可以分為市區的士、新界的士同大嶼山的士等三個類型。

市區的士 si5 keoi1 dik1 si2 （Urban Taxi）

俗稱紅的、紅跑、紅艇、紅雞，因為車身係紅色而得名，喺一九二三年發出營業牌。市區的士可以載客來往香港島、九龍、新界所有有道路連接嘅地點，包括深圳灣口岸、落馬洲支線管制站同其他邊境禁區、大嶼山東涌、機場島、港珠澳大橋香港口岸、北大嶼山、迪士尼樂園、愉景灣同馬灣，亦可以去到落馬洲管制站皇崗口岸。市區的士收費係三種的士之中最高，不過需求較大，現時大概有一萬五千二百五十架喺街道上行走。

新界的士　san1 gaai3 dik1 si2　（New Territories Taxi）

俗稱綠的、草蜢、青竹蛇，因車身係綠色而得名，喺一九七六年起正式發牌。雖叫做新界的士，不過並唔代表可以喺全新界行走。實際上新界的士只係准喺以下嘅範圍營運：

- 元朗區至屯門區所有地方；
- 大埔區至北區所有地方（包括邊境禁區，要攞禁區紙）；
- 馬鞍山區同西貢區大部分郊外地方（將軍澳新市鎮除外）；
- 觀塘區順利邨，帽度係九龍市區唯一嘅新界的士站同上落客地方；
- 落馬洲管制站皇崗口岸，落馬洲支線公共運輸交匯處福田口岸；
- 赤鱲角香港國際機場一、二號客運大樓、地面運輸中心；
- 深圳灣口岸港方口岸區；港珠澳大橋香港口岸公共運輸交匯處；
- 指定路線接載乘客往返地點：香港迪士尼樂園、青衣機鐵站、荃灣港鐵站、坑口港鐵站、沙田馬場、將軍澳醫院急症室、沙田威爾斯親王醫院。

大嶼山的士 daai6 jyu4 saan1 dik1 si2 （Lantau Taxi）

俗稱藍的、嶼的、藍燈籠、藍精靈，亦係因車身藍色而得呢啲俗稱。大嶼山的士只可以喺大嶼山同赤鱲角營運，短程收費係三種的士中最低。由於大嶼山重有唔少偏遠地方尚未有行車路連接，所以當地嘅的士需求比較少。現時登記嘅大嶼山的士只有七十五架行走。

的士站 dik1 si2 zaam6 （Taxi stand）

係一啲特別指定地點畀的士聚埋、排隊、等客、上客嘅地方，通常都係得個牌喺度。另外又有啲類似嘅的士候客位（Taxi bay），不過就只係泊得一架車，一架走咗之後第二架先可以頂上嘅。

呢啲的士站多數喺人流多嘅地方，例如機場、火車站、地鐵站、巴士總站、輪渡碼頭、購物中心、主要嘅街道交匯點。

的士站嘅運作通常係先到先得嘅，的士排隊等客，客人亦排隊等的士。排頭嗰架的士接走排頭嗰啲搭客，當排頭架的士離開，後面架的士就可以一路褪上嚟。

鄉村車 hoeng1 cyun1 ce1 (Passenger Truck)

簡稱村車，又叫街車、貨巴，俗稱豬籠車，係一種遊走新界偏遠地區嘅交通工具，例如來往粉嶺聯和墟至萬屋邊鄉村。由於香港政府已經冇再為鄉村車發牌，所以香港最後一部鄉村車已經喺二〇一七年退出營運，即係話鄉村車已經成為歷史。

以前鄉村車遍佈新界各村落，接載村民來回鄉村至鄰近墟市，重運載埋新鮮本地蔬菜到市場賣。由於專營巴士同公共小巴服務網絡擴張，加上好多入口平價嘅大陸蔬菜，令到鄉村入面嘅村民難搵食而唔再耕田，以致鄉村車綫路一直喺度減少，最後冇埋曬。

改裝客貨車 goi2 zong1 haak3 fo3 ce1 (Modified Goods Vehicle)

鄉村車多數係由「五噸半」嘅中型貨車改裝，喺貨斗嘅左方最前位置同正後方分別安裝前門同後門；兩度門分別都有上落客貨用途；另外喺貨斗入面左右兩邊靠牆安裝兩排長硬板座椅，由貨斗內部上面吊條麻繩落嚟做扶手。

海上交通

HOI2 SOENG6 GAAU1 TUNG1

—— SEA TRANSPORT ——

三角帆船、舢舨、嘩啦嘩啦、渡海小輪，喺舊時香港陸路交通尚未發展嘅年代，海上交通對香港交通嚟講，就係連繫香港島同九龍半島兩地，又見證著曾經被稱為「一個小漁村」嘅地方發展成今日嘅東方大都會。

嘩啦嘩啦 **waa1 laa1 waa1 laa6** （Walla-Walla）

又叫電船仔或者水上的士，係香港一種用摩打發動嘅電船，船身主要係木製，摩打喺船艙前端，搭客就坐喺後面。呢種電船嘅馬力唔高，只有十幾二十匹馬力左右，不過由於摩打拍打水面時會發出類似「嘩啦嘩啦」嘅嘈雜聲，所以畀本地人用「嘩啦嘩啦」嚟稱呼，外國人就直接叫Walla-Walla。

嘩啦嘩啦喺五〇至六〇年代最為盛行，主要係接載遠洋船嘅船員同搭客上落碼頭，亦係香港渡輪嘅輔助嘅海上交通工具。喺海底隧道未通車前，喺香港渡輪停止服務期間，即係凌晨一點半至六點半之間，如果有市民想要渡過維港，就必定要坐嘩啦嘩啦。到一九七二年香港海底隧道通車，同一九八〇年地鐵過海綫通車，市民對橫越維多利亞港嘅海上交通嘅要求降低之下，嘩啦嘩啦嘅服務亦逐漸式微。

火船仔 fo2 syun4 zai2 (Steam Boat)

其實香港早期已經有火船仔來往油麻地同香港島之間，喺一八八〇年代就有火船公司成立，可以話係嗱喇嗱喇嘅前身。火船仔，即係舊時用嘅蒸汽船，係用燒煤炭製造蒸汽推動引擎嘅船，所以俗稱做火船仔。

到二十世紀初，電船「嗱喇嗱喇」開始取代火船（蒸汽船）同開始普及。跟住喺一九一四年嘅共和電船有限公司成立，同喺一九二〇年成立嘅民力電船有限公司，嗱喇嗱喇就成為維多利亞港嘅主要海上交通服務。跟住喺一九二三年同一九三三年油麻地小輪同天星小輪先後攞到專營權，嗱喇嗱喇就變成咗輔助渡輪服務嘅交通工具。

碼頭 maa5 tau4 (Wharf)

又叫渡頭、渡口、埠頭，係一條由岸邊伸往水中嘅長堤，又可以係一排由岸上伸入水中嘅樓梯，多數係人造嘅土木建築物，亦可以係天然形成。人利用碼頭嚟做船隻嘅泊岸同上落客貨地方，其次係可以吸引遊客同約會集合嘅地標。

喺唔同嘅碼頭可能會睇見嘅嘢，有嘩啦嘩啦、街渡、快艇、舢舨、遊艇、郵輪、渡輪、貨櫃船、倉庫、海關、浮橋、海鷗、遊客、魚市場、海濱長廊、酒店、車站、餐廳、旗桿、鐘樓、商場等。

香港渡輪

hoeng1 gong2 dou6 leon4 (Hong Kong Ferry)

九龍渡海小輪公司，大約喺一八八八年由一位波斯拜火教教徒創辦，主要係提供來往尖沙咀同中環嘅海上交通服務。到一八九八年九龍倉收購咗九龍渡海小輪公司，改名為天星小輪公司。隨住九龍發展而渡輪需求增加，喺二十世紀初期分別由十六間小輪公司承辦來往由中環至油麻地、旺角同深水埗等航線。但係由於太多公司承辦，容易產生混亂，所以香港政府由一九一九年起，批出專營權畀四約街坊輪船公司營辦港九之間嘅渡輪服務。

一九二四年：四約街坊輪船公司專營期滿，由香港油蔴地小輪船有限公司接辦。

一九四一年：香港淪陷，渡輪服務暫停至一九四六年恢復。

一九六六年：天星小輪因為船費加價五仙，引起九龍區出現騷亂同暴動。

一九六七年：六七暴動期間，油蔴地小輪同天星小輪都遇襲。

一九九九年：原本由油蔴地小輪營運嘅紅磡至灣仔航線改由天星小輪公司接辦。

二〇〇〇年：改由新渡輪接辦原來由油蔴地小輪營運嘅航線。

二〇一一年：由於載客量不足，紅磡至灣仔航線同紅磡至中環航線停辦。

二〇一八年：運輸署公佈計劃喺二〇一九年起新增兩條港內渡輪航線。

香港嘅渡輪服務，大部分由香港嘅持牌渡輪營辦商經營。香港共有十二個渡輪營辦商，合共營辦七條港內線同十四條港外線（唔包括過境渡輪），提供來往離島同港內線渡輪服務。其中有兩條港內線航線由天星小輪專營。

街渡　gaai1 dou2　（Kai-to）

又寫街艔，係一種載客量比較少嘅細型渡輪，主要提供短程嘅水上客運服務，例如往返大嶼山、坪洲、長洲、南丫島同其他離島等收費低嘅輔助渡輪服務。

現時街渡由香港政府運輸署發牌同監管，大約共有七十八條固定嘅街渡航線。其中嘅營運商包括有香港仔小輪、坪洲街渡、林記街渡、全記渡、翠華船務、珊瑚海船務、富裕小輪……

舢舨　saan1 baan2　（Sampan）

又寫做三舨或三板，係一種木製嘅平底艇仔，通常只有三米半到四米半長左右。有時舢舨會加個篷，甚至可以住埋人。舢舨通常只會喺近岸或者河道使用，主要係用嚟捉魚或者載人載貨。舢舨極少會出大海，因為會頂唔順大風大浪而沉。

香港仔避風塘提供連接香港仔海濱公園同鴨脷洲大街嘅街渡服務，就係使用傳統嘅舢舨，由香港仔小輪營運，因為收費低廉，所以吸引唔少外地遊客同當地居民使用。

橫水渡 waang4 seoi2 dou6 （Cable Ferry）

係一種水路運輸嘅客運交通工具，通常設喺較為狹窄同平靜嘅河流或水道之上。有一條纜繩由河岸嘅一邊連接另外嘅一邊。中間有一隻平底嘅板船用嚟搭客貨或汽車。船伕會用人手拉動或機器攪動纜繩令到平底船向對岸方向移動。

喺新界元朗南生圍山貝河嘅橫水渡，係香港現時唯一一條用人手拉動嘅水上運輸，航線兩個終點站距離唔夠五十米，係香港路程最短嘅收費公共交通公具。而香港大嶼山大澳，曾經都有過橫水渡，係由人力拉遁兩頭綁喺岸邊嘅纜索移動，不過已經畀條行人天橋取代咗。

香港鐵路

HoENG1 GoNG2 TIT3 LoU6

—— MASS TRANSIT RAILWAY, MTR ——

係香港主要嘅大眾運輸網絡，由「香港地鐵」同「九廣鐵路」喺二〇〇七年合併而成，鐵路網絡全長二百〇四公里，有九條路線包括港島線（堅尼地城↔柴灣）、荃灣線（中環↔荃灣）、觀塘線（黃埔↔調景嶺）、將軍澳線（北角↔寶琳／康城）、南港島線（金鐘↔海怡半島）、東涌線（香港↔東涌）、迪士尼線（欣澳↔迪士尼）、東鐵線（金鐘↔羅湖／落馬州）、屯馬線（屯門↔烏溪沙）等。另外又用輕軌鐵路同巴士提供接駁服務。

九鐵　gau2 tit3　(Kowloon-Canton Railway)

全名叫九廣鐵路，又叫火車路，分為華、英兩段。英段係前身喺一九一〇年成立屬於香港政府部門之一嘅九廣鐵路局（KCRD），負責營運九廣鐵路英段（羅湖↔尖沙嘴）路線。而廣九鐵路華段（廣州↔深圳）全線就喺一九一一年通車，又同英段鐵路直通運行（廣州↔尖沙嘴），至一九四九年停止直通，到一九七九年已經停駛三十年嘅廣九直通車至重新開通。喺一九八三年九廣鐵路公司正式成立之後，九廣鐵路局解散，九廣鐵路正式改為公司化管理。

地鐵　dei6 tit3　(Mass Transit Railway)

全名叫地下鐵路，喺一九七五年成立，一九七九年地下鐵路觀塘線（觀塘↔中環）第一段（觀塘↔石硤尾）啟用。至二千年年宣佈私有化，到二〇〇七年同九廣鐵路合併，改名為香港鐵路。

輕鐵　**hing1 tit3**　（Light Rail）

全名叫輕便鐵路，又叫西北鐵路（North-West Railway），喺一九八八年至二〇一三年間分四期發展。係香港新界西北運行嘅一條輕型鐵路系統，喺新界西嘅屯門、元朗區同天水圍行駛，全長三十六公里，分十四條路線，有六十八個車站。

機鐵　**gei1 tit3**　（Airport Express）

又叫機場快綫、機場鐵路，喺一九九八年赤鱲角香港國際機場正式啟用同時通車，連接由大嶼山赤鱲角嘅香港國際機場至中環嘅香港站，全長三十五公里，共有五個站。

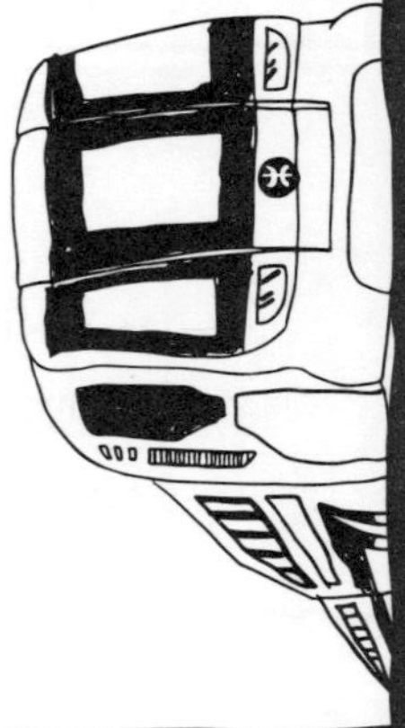

香港高鐵 **hoeng1 gong2 gou1 tit3** （High Speed Rail）

全名叫廣深港高速鐵路（Guangzhou-Shenzhen-Hong Kong Express Rail Link），二〇一八年全線通車，係一條連接廣東省香港、深圳、東莞、廣州嘅高速鐵路。路線由香港西九龍站去到廣州南站，全長約一百四十公里，共有七個車站，最高時速有三百五十公里。由香港西九龍站至廣州南站最快只要九個字（四十五分鐘）。

標準軌 **biu1 zeon2 gwai2** （Standard-gauge Railway）

又叫標準鐵軌，係國際鐵路聯盟喺一九三七年制定四呎八吋半（1435毫米）嘅標準鐵軌距離，軌距比標準軌更闊嘅叫「寬軌」，更窄嘅就叫「窄軌」。世界上有六成嘅鐵路嘅軌距都係標準軌。

香港航空

HOENG1 GONG2 HONG4 HUNG1

——AVIATION OF HONG KONG——

香港航空業喺一九一一年就第一次有飛機嚟到香港，當年嘅三月十八日，就有叫沙田精神號嘅定翼機準備喺沙田上空做飛行表演，可惜最後因為風力太大而取消試飛。

香港航空運輸係香港交通系統嘅組成部分之一，現時香港係國際同亞太區嘅主要航空中心，位置喺大嶼山赤鱲角嘅香港國際機場，有超過一百間航空公司來往超過一百九十個全球嘅目的地。

啟德機場 **kai2 dak1 gei1 coeng4** (Kai Tak Airpor)

全名叫香港啟德國際機場，係香港一座已經停用拆卸嘅民用機場。喺一九二〇年代英港政府開始搵地起機場，適逢當時何啟同區德合資喺九龍灣北岸填海起啟德濱住宅區起唔成，就畀政府徵用嚟起機場，即係以前嘅九龍啟德機場。機場喺一九二五年啟用，一月廿四日係啟德機場第一次有飛行紀錄嘅日子。喺運作咗七十三年喺一九八七年七月六日凌晨關閉，同日上晝六點就喺赤鱲角嘅香港國際機場機場承接航空服務。

日本軍隊喺攻佔香港時用戰機轟炸啟德機場，為要令到香港完全失去制空能力，到咗香港日治時期，日軍又為咗要擴建啟德機場，就拆毀附近地區建築、移平宋王臺石嘅聖山、拆走九龍寨城石牆等。

沙田機場 **saa1 tin4 gei1 coeng4** (Sha Tin Airfield)

原址喺新界沙田區白鶴汀村，係一個喺一九四九年建造嘅細型混凝土單跑道飛機場，已經被棄用同拆除，之後發展為沙田新市鎮、沙田市中心。

粉嶺機場 **fan2 leng5 gei1 coeng4** （Fanling Airstrip）

原址喺新界粉嶺軍地馬場入面嘅小型機場，喺一九四九年由英屬馬來亞調派嚟香港嘅英國皇家砲兵團建造，係畀輕型雙座位偵察機使用嘅機場。跑道原址喺香港高爾夫球會嘅範圍裡頭嘅九號賽道（fairway）。

石崗機場 **sek6 gong1 gei1 coeng4** （Shek Kong Airfield）

係一九五〇年啟用嘅軍用機場，位置喺新界元朗區八鄉嘅石崗軍營，附近係八鄉同錦田，當時名為石崗皇家空軍基地。現時呢個機場由解放軍駐香港部隊使用，而香港飛行總會就會喺星期日借用石崗機場畀飛行訓練同小型飛機起降用。

帝國航空 **dai3 gwok3 hong4 hung1** （Imperial Airways）

係英國航空嘅前身，喺一九三六年第一間商業航空公司提供來往香港嘅定期客運服務。

國泰航空 **gwok3 taai3 hong4 hung1** (Cathay Pacific Airways)

一九四六年喺上海成立，但之後就即刻搬嚟香港同埋喺香港重新註冊，成為第一間以香港為基地嘅航空公司。主要經營定期航空業務、航空貨運、航空飲食同埋航機處理。

香港航空 **hoeng1 gong2 hong4 hung1** (Hong Kong Airways)

一九四七年喺香港年成立，成為國泰航空嘅主要競爭對手。之後香港政府將香港以南嘅航線分畀國泰經營，而北面就交畀香港航空經營。一九四九年中共喺大陸建政後就同香港斷航，令到香港航空元氣大傷，到最後喺一九五八年國泰航空收購香港航空，正式雄霸香港本地航空業。

港龍航空　gong2 lung4 hong4 hung1　(Dragonair)

一九八五年由香港一班華資商人合作創辦港龍航空，嘗試改變國泰航空壟斷香港航空業嘅局面。但喺一九九〇年畀國泰航空收購咗部分股權，又喺二〇〇六年國泰航空正式全面收購港龍航空。另外喺一九八五年落成嘅上環信德中心，使用中心嘅天台停機坪，提供來往香港同澳門嘅直升機服務。

香港航空　hoeng1 gong2 hong4 hung1　(Hong Kong Airlines)

二〇〇六年香港成立，係一間以香港國際機場作為樞紐供民航服務嘅航空公司，主要提供往來亞太地區城市嘅航空客運服務，而旗下子公司香港貨運航空就提供貨運服務。

香港街道

HOENG1 GONG2 GAAI1 DOU6

—— HONG KONG STREET ——

香港交通四通八達，錯綜複雜，街道眾多，根據地政總署嘅紀錄，已經刊憲命名，同年代太久遠而冇刊憲命名嘅街道，共超過一萬五千條。

明朝羅貫中《三國演義》第九五回：「大開四門，每一門上用二十軍士，扮作百姓，灑掃街道。」也稱為「街衢」。

Man Kwong Street

民光街

大街 **daai6 gaai1** (Main Street)

又叫大道、大馬路，係指城鎮中心嘅主要街道，又係當地嘅商業集中點，通常都會有百貨公司、專門店、食肆、銀行等商業設施最集中嘅地方，亦係人流最大嘅地點。比較細嘅城鎮通常只得一條大街，而喺比較大嘅城鎮就可能有幾條大街。

大馬路 **daai6 maa5 lou6** (Main Road)

係指一個地方最主要嘅馬路，通常呢種馬路都比較闊。

香港開埠之後喺香港島第一條起嘅主要道路係皇后大道（Queen's Road），由西環石塘咀一直延伸至灣仔跑馬地，全長大約五公里。原本應該譯做女皇大道，但因當時香港華人未有「女皇」嘅概念，所以華人師爺就將路名譯成皇后大道。喺香港除咗皇后大道畀人叫大馬路之外，重有一條用大馬路嚟做名嘅，就係元朗大馬路。

元朗大馬路 **jyun4 long5 daai6 maa5 lou6** (Yuen Long Main Road)

係一條貫穿元朗市中心嘅大街，街上面有幾個輕鐵站，重有好多各式各樣嘅舖頭、攤檔、銀行、巴士站等等。元朗大馬路係喺一九三五年時命名嘅，現時正式嘅名係一九六八年改嘅「青山公路-元朗段」，不過好多人都重係叫佢做大馬路。

行人路 **hang4 jan4 lou6** (Sidewalk)

又叫做行人徑、行人道，係街上面專門鋪設畀行人用嘅道路。行人路令人車分隔，唔使因為爭路而互有碰撞。

步行街 **bou6 hang4 gaai1** (Pedestrian Zone)

又叫徒步區、行人專用區，係專畀行人可以放心行嘅路，唔准車輛駛入嘅馬路。步行街方便城市商廈發展大型嘅購物區，所以步行街成日出現喺最繁華、遊客最多嘅商業區或旅遊區。

香港橋樑

HoEng1 gong2 Kiu4 LoEng4

——Hong Kong Bridge——

橋（Bridge）係一種由水面或地面凸出嘅高架通道，用嚟連住橋頭橋尾兩邊嘅路，又可以打橫搭住谷河兩邊或者海峽兩岸，又或者起喺地面度升高，檻過下面嘅河或者路，等下面交通暢通無阻。橋可以搭嚟畀人行，畀車行，畀火車行，係一種重要嘅運輸通道之一。

西漢司馬遷《史記》卷一〇五·扁鵲倉公傳：「至莒縣陽周水，而莒橋梁頗壞。」

唐代杜牧〈寄揚州韓綽判官〉詩：「青山隱隱水迢迢，秋盡江南草未凋。二十四橋明月夜，玉人何處教吹簫？」

天橋 tin1 kiu4 （Flyover; Overpass）

又叫做高架橋、架空橋，係一種土木工程起嚟畀人同車行嘅橋，亦有專門起嚟畀人行嘅行人天橋（Footbridge），同專係畀車行嘅行車天橋（Overpass）。

喺古時，天橋係指軍隊攻城用嘅橋形木架。

元朝丞相脫脫《宋史》卷三七七．陳規傳：「李橫圍城，造天橋，填濠，鼓譟臨城。」

吊橋 diu3 kiu4 （Suspension Bridge）

又叫懸索橋，係一種掛喺半空嘅橋樑，用繩或纜吊起條橋。

香港境內有四座大型懸索橋，分別係青馬大橋、汲水門橋、汀九橋同昂船洲大橋，當中青馬大橋同汲水門橋屬於行車同鐵路兩用橋。

青馬大橋 cing1 maa5 daai6 kiu4 （Tsing Ma Bridge）

係一座跨越馬灣海峽連接青衣同馬灣嘅大橋，屬於香港八號幹線青嶼幹線嘅一部分，一九九七年啟用，主跨長一千三百七十七米，連引道全長二千一百六十米，係全世界跨度第二長嘅行車鐵路雙用嘅懸索吊橋，亦係全球第十六長嘅懸索吊橋。

汲水門橋　kap1 seoi2 mun4 kiu4　（Kap Shui Mun Bridge）

又叫汲水門大橋，屬於八號幹線青嶼幹線嘅一部分，一九九七年啟用，主跨長四百三十米，連引道全長八百二十米，橫跨汲水門連埋馬灣同大嶼山青洲仔半島。汲水門橋駁住青馬大橋，現時係市區唯一去大嶼山、赤鱲角香港國際機場嘅車路。

汀九橋　ting1 gau2 kiu4　（Tingjiu Bridge）

係全世界最長嘅「三塔式斜拉索橋」，屬於三號幹線嘅一部分，橋面係三線雙程分隔快速公路。跨越藍巴勒海峽將汀九同青衣連埋。一九九七年啟用，兩個主跨分別長四百四十八米同四百七十五米，連引道全長一千八百七十五米。

昂船洲大橋　ngong4 syun4 zau1 daai6 kiu4　（Stonecutters Bridge）

一條通過藍巴勒海峽連埋昂船洲同青衣島嘅跨海斜拉大橋，二〇〇九年啟用，跨度一千六百米三線雙程行車，係八號幹線嘅一部分。青衣島嘅落點就喺九號貨櫃碼頭近南灣角，而昂船洲嘅落點就喺八號貨櫃碼頭。

香港隧道

HoENG1 GoNG2SEoI6 DoU6

—— Hong Kong Tunnel ——

係一種打通阻隔處嘅通道，而上下左右都有石或者石屎包圍住嘅。喺山中間鑿穿嘅通道叫「山窿」，例如獅子山隧道；有啲通道係用「管道」連接嘅，例如海底隧道；而喺地底掘條坑嘅通道就叫地下通道，簡稱「地道」。

依隧道功能分類有公路隧道、鐵路隧道、人行隧道、輸水隧道、排水隧道（下水道嘅一種）、電纜隧道；又依隧道嘅所在位置分類有運河隧道、穿山隧道、地下隧道、水底隧道、海底隧道、過江隧道等。

隧道　seoi6 dou6　(Tunnel)

係指穿過山脈或海峽等地形阻隔嘅通道。例如雪山隧道、海底隧道。

北魏酈道元《水經注》比水注：「隆山南有一小山，山阪有兩石虎相對，夾隧道，雖處蠻荒，全無破毀，作制甚工，信為妙矣。」

行人隧道　haang4 jan4 seoi3 dou6　(Subway; Underpass)

係一種土木工程、交通、建築物、隧道、道路設施，主要係畀人行，解決地面上人車爭路問題，同避免喺車路上出意外。行人多數出現喺大城市大道、商場、地鐵、巴士總站、碼頭之間，而可以取代隧道嘅通路就有斑馬線同行人天橋。

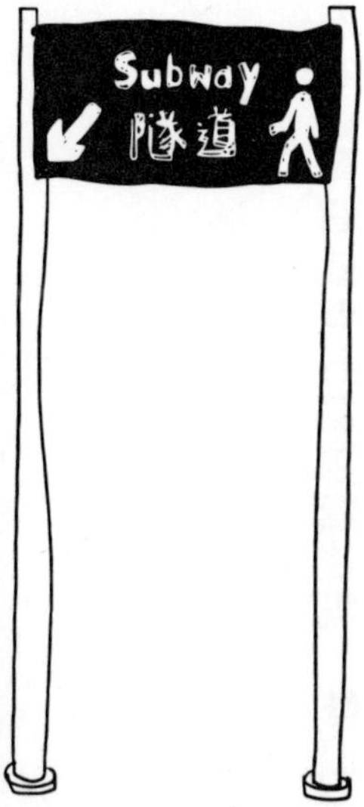

行車隧道　hang4 ce1 seoi6 dou6　(Traffic Tunnel)

依家香港政府擁有廿一條行車隧道，當中收費隧道包括，海底隧道、東區海底隧道、西區海底隧道、香港仔隧道、獅子山隧道、城門隧道、大老山隧、青沙管制區嘅尖山隧道、沙田嶺隧道、大圍隧道等；而唔收費嘅政府隧道又包括，將軍澳隧道、啟德隧道、南灣隧道（屬青沙管制區）、長青隧道（屬青馬管制區）、觀景山隧道（屬港珠澳大橋香港連接路一部分）、機場隧道、中環灣仔繞道隧道、龍山隧道（通往香園圍口岸）、長山隧道、屯門—赤鱲角隧道、將軍澳—藍田隧道等。由運輸署批出合約予營辦商負責隧道日常管理、營運同維修保養。

獅子山隧道

si1 zi2 saan1 seoi6 dou6 (Lion Rock Tunnel)

簡稱獅隧，係香港最早通車嘅一條穿過獅子山，貫通沙田同九龍嘅行車隧道，全長一千四百二十米。一九六七年南行管道通車（往九龍方向），當時係單管雙程行車；一九七八年北行管道亦通車（往沙田方向），隧道成為雙程雙線分隔雙管隧道，隧道附加三條輸水管同一條煤氣管。

海底隧道 **hoi2 dai2 seoi6 dou6** (Cross-Harbour Tunnel)

又叫紅磡海底隧道，簡稱紅隧，一九七二年通車，全長一千八百六十米，係香港第一條連貫香港島同九龍半島嘅過海行車隧道。喺一九六一年海底隧道方案提出時，另有一個維港跨海大橋方案競爭，大橋兩岸嘅出入口同依家嘅紅磡海底隧道差唔多。不過，政府因為擔心維港海空航道安全同埋香港出現極端天氣而發生大事故嘅可能，最後選擇海底隧道方案。

香港仔隧道 **hoeng1 gong2 zai2 seoi6 dou6** (Aberdeen Tunnel)

簡稱仔隧，係香港島上第一條行車隧道，兩條管道分喺一九八二年（北行管道）同一九八三年（南行管道）通車，全長一千九百九十米。隧道穿過聶高信山連接黃竹坑嘅黃竹坑道同跑馬地嘅黃泥涌峽天橋。

城門隧道　**sing4 mun4 seoi6 dou6**　(Shing Mun Tunnels)

簡稱城隧，係連接新界西荃灣梨木樹同新界東沙田大圍嘅一條行車隧道，喺一九九〇年通車，全長二千六百米。隧道由兩組雙程雙線分隔雙管隧道組成，分別係孖指徑隧道、針山隧道。兩組隧道中間都係用高架橋連接跨越城門峽同埋下城門水塘。

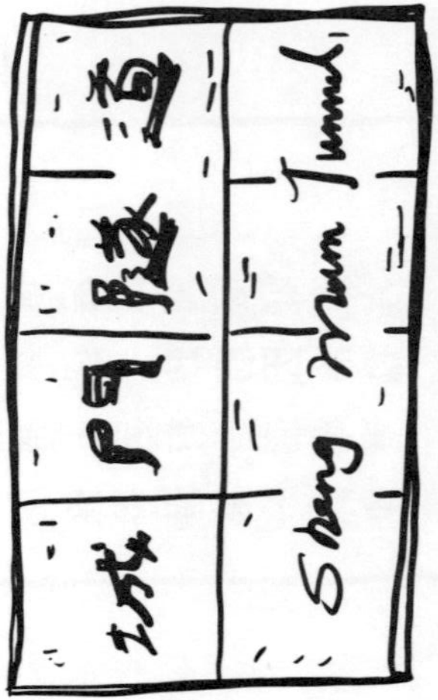

大老山隧道 daai6 lou5 saan1 seoi6 dou6 (Tate's Cairn Tunnel)

簡稱大老隧，係一條雙程雙線分隔雙管隧道，亦係現時香港第三長嘅行車隧道，一九九一年通車，全長三千九百五十米。隧道穿過大老山，連接新界東沙田小瀝源同九龍東黃大仙鑽石山。

大欖隧道 daai6 laam5 seoi6 dou6 (Tai Lam Tunnel)

簡稱欖隧，係香港一條雙程三線分隔雙管隧道嘅收費行車隧道，一九九八年通車，全長三千八百米，係三號幹線同青朗公路嘅一部分，由汀九橋開始穿過大欖郊野公園連接汀九同八鄉。隧道管制南端有兩個出入口分別去汀九橋、屯門公路；而北面合共有四個出入口，分別係八鄉、錦田、新田、元朗。

enlighten &fish 亮光

系列　廣東話讀香港歷史系列 1
書名　通用廣東話　讀香港衣食住行史
作者　廣東話資料館

出版　亮光文化有限公司
編輯　亮光文化編輯部
設計　亮光文化設計部
地址　新界火炭坳背灣街61-63號
　　　盈力工業中心5樓10室
電話　(852) 3621 0077
傳真　(852) 3621 0277
電郵　info@enlightenfish.com.hk
網店　www.signer.com.hk
面書　www.facebook.com/enlightenfish

二零二四年六月初版

ISBN　978-988-8884-03-2
定價　港幣一百五十八元

法律顧問　鄭德燕律師

本書的內容，因經年流傳，部分在網上廣傳多時，作者已盡力釐清版權，惟部分內容可能曾經不同媒體轉載，其來源亦已無從考究，就此作者已自行整理、查考、重寫；倘有錯漏之處，盼望指正及聯絡。

廣東話資料館 cantonese museum